못갖춘마디

문화체육관광부   경상북도 GYEONGSANGBUK-DO   pohang   phcf

이 사업은 문화체육관광부, 경상북도, 포항시, (재)포항문화재단에서
사업비 일부를 지원 받았습니다.

윤혜주 수필집
못갖춘마디

초판 발행 | 2020년 11월 5일
재판 인쇄 | 2021년 6월 12일
재판 발행 | 2021년 6월 17일

글쓴이 | 윤혜주
펴낸이 | 장호병
펴낸곳 | 북랜드
　　　　06252 서울 강남구 강남대로 320, 황화빌딩 1108호
　　　　대표전화 (02)732-4574, (053)252-9114
　　　　팩시밀리 (02)734-4574, (053)252-9334
　　　　등록일 | 1999년 11월 11일
　　　　등록번호 | 제13-615호
　　　　홈페이지 | www.bookland.co.kr
　　　　이-메일 | bookland@hanmail.net

책임편집 | 김인옥
교　　열 | 배성숙 전은경

ⓒ 윤혜주, 2021, Printed in Korea
저자와의 협의하에 인지를 생략합니다.

ISBN 978-89-7787-964-5 03810
ISBN 978-89-7787-965-2 05810 (E-book)

값 12,000원

못갖춘마디

윤혜주 수필집

북랜드

사소한 한마디에 꽂혔다. 그냥 지나쳐도 좋았을 말이었다. 모르긴 해도 누군가 스스로도 큰 의미를 두지 않고 말했을 그 말 앞에 멈춰 섰다. '시간과 공을 들여 윤이 나고 의미가 쌓이는 일을 해 보라.'는 말.

막연한 그 말을 붙들고 오래 서성거렸다. 자식에 들인 시간과 공功이라면 뭐든 할 수 있지 않을까. 무모한 용기의 결정이라도 실행해 보기로 했다. '그래 늦둥이 하나 키워보자.'라는 심정으로.

글을 깡그리 잊고 산 세월이었다. 잊은 건 글만이 아니었다. 헛헛한 가슴속에 윤기 잃고 서걱대는 감성과 무디어져 가는 혀끝이었다. 적절한 단어를 구사하지 못해 버벅거리면 뒤통수가 무지근했다. 삶의 임계점이라고 느끼는 그 순간 움직여 준 건 싸늘하게 식은 줄만 알았던 마음이었다. 늦둥이는 그런 내 마음이 움직여 낳은 자식 같은 글이다. 설익은 밤송이에 무모하게 덤비는 청설모의 원초적인 몸부림 같은 지금의 삶에서 조금 비켜서고도 싶었다.

늦둥이에 거는 기대는 애초에 없었다. 그냥 잘 먹이고 잘 입히면 되는 줄 알았다. 혼자 좋아라, 껴안고 예뻐하며 살리라 했다. 그러나 그건 무지몽매한 나의 착각이었다. 낳기는 쉬워도 키우기란 얼마나 어려운 일이던가. 그랬다. 섣불리 세상에 덜컥 내놓은 늦둥이는 골골거리며 남보다 더디게 자랐다. 잔병치레도 잦았다. 잘 먹지도 않아 애가 탔다. 다급함에 명의라 자칭하는 이들을 찾아다녔다. 특효약이라도 있나 싶어 약방(서점) 문도 줄기차게 두들겼다. 그러나 어디에도 명의名醫와 명약名藥은 없었다. 그래도 늦둥이를 키우는 재미는 쏠쏠했다. 어느 날 컴퓨터를 열면 이만큼 훌쩍 자라 있거나, 밤새 앓다가도 밝은 소리로 다가올 때면 참 행복했다.

충고도 격려도 없이 15년 키운 늦둥이를 이제 세상 밖으로 내놓으려 한다. 긴 시간 통증과 함께한 자식이다. 버릇없이 키웠다고 야단맞지는 않을는지, 부실하게 키웠다고 핀잔이

나 듣지 않을까. 자식을 내놓는 바늘방석 같은 어미의 마음이다. 그러나 이제는 세상과 마주해 보기를 원한다. 그 야단이, 핀잔이 강력한 면역이 되어 더 건강해진다면 바랄 것이 뭐에 있겠는가.

4년여 동안 지면을 할애해준 신문사 덕에 내 이웃들의 삶을 깊숙이 들여다볼 기회가 많았다. 한자리에 서 있는 나무라도 각자 지닌 성향과 풍파에 따라 다른 그림자를 드리우듯, 사람의 삶 또한 다르지 않았다. 내 그림자를 남에게 부끄러움 없이 내보여주고, 남이 드리운 그림자를 인정하는 일. 이것이 인생이란 걸 알게 된 값진 시간이었기에 대경일보에 감사드린다. 앞으로도 저마다 각기 다른 인간사의 슬픔과 기쁨을 바라보며 글로써 세상을 총 천연색으로 도배해 보고 싶다.

어깨를 토닥이며 안경을 바꿔주던 남편과 추임새를 넣어준 아이들도 고맙다. 무엇보다 늦둥이를 살피고 숨소리까지 감지하고자 했던 전정구 교수님과 내 글의 독자였던 모든 분들, 그리고 출판사 관계자들께 감사와 고마운 마음을 전한다.

늦둥이를 떠나보낸 후 사유의 각도를 더 기울여 깊어진 글로 허허로운 그 빈자리를 채우고 싶다. 두드리면 텅 빈 쇳소리밖에 나지 않는 나이 듦은 되지 말자던 그 약속도 다시 상기할 것이다. 부딪히고 깎고 버려야만 늙음의 저편이 두렵지 않을 나이에 대한 책임도 지고 싶다.

한동안 늦둥이가 떠난 자리를 바라보며 쓸쓸해할지도 모른다. 많은 시간 머릿속을 들끓게 했던 말과 사건들이 헛것에 불과했다는 혼미한 거리감도 생길지 모르겠다. 그러나 나로부터 내 자신이 소외되는 기분이 들지라도 나는 이 길을 갈 것이다.

형산강변에서
윤 혜 주 쓰다

차례

작가의 말

2/
먼
곳

3 / 바람자루

4/
품
의

도
량

1

그
강이
깊어질
때

징
소
리

징소리가 난다. 커다란 징 앞에서 버튼을 누르자 녹음된 소리가 들린다. 장중한 울림은 황소울음처럼 사납고 구슬 프다가 은은하게 폐부 깊숙이 파고든다. 몸이 송두리째 흔들리는 묵직함이다. 그리고 마침내 굽이굽이 고비를 넘던 긴 여운에 전율한다.

방짜유기 박물관에서 만난 징 앞에서 혼을 빼앗겨 버렸다. 입이 벌어지기도 전, 소리에 먼저 놀란 귀가 화들짝 열린다. 밤 지샌 담금질과 천 번의 두드림으로 만들어진 소리여서일까. 한 마리 맹수의 포효 같다. 자연을 닮은 가장 은은하고 포용력 있는 소리를 낸다는 징. 때론 비를 몰고 와 뿌리기도, 천둥을 내리치기도 해 바람에 비유되기도 하는 그 소리를 온몸으로 들었다. 마치 그날 밤의 징소리처럼.

그해 이른 봄부터 마을이 술렁거렸다. 강 건너 공단工團 조성이 본격화되자, 물속 같던 마을 사람들의 마음도 덩달아 바빠졌다. 갑자기 밀려드는 외지 사내들로 과년한 딸을 둔 부모들이 예민해졌다. 포클레인 소리와 지축을 울리는 빔 박는 소리에 비례해 강 건너 살던 사람들의 이주도 빠르게 진행되었다. 신작로에는 이삿짐 실은 달구지와 트럭이 온종일 숨 가쁘게 오갔다. 오랜 세월, 섬 아닌 섬으로 살았던 섬안이 변화의 소용돌이에 휩싸였다.

두고 온 강 건너 그곳을 지척에서나마 지켜보고 싶었을까. 삼십여 이주 가구는 모래가 많아 작물 재배조차 쉽지 않은 강둑 밑에 집을 지어 안착했다. 타향살이 서러움을 함께하려는 듯, 처마를 맞대고 다정하게 둘러앉았다. 우리들은 본동本洞과 한참 떨어진 그들의 터전을 새터마을이라고 불렀다.

그러나 보이지 않는 텃세의 위력은 셌다. 본동 사람들과 새터마을 사람들은 모래와 자갈처럼 서걱거렸다. 타지인이라 배척하며 좀처럼 곁을 내주지 않으려는 본동 사람들과 어떻게든 마음 붙이고 정착해 보려는 그들과의 기싸움은 끝이 보이지 않았다. 눈만 뜨면 달려가 멱을 감고 놀던 강도 더 이상 우리들만의 것이 아니었다. 발끝을 간질이던 재치 조개도, 맑은 도랑물도 새터마을 사람들과 나눠야만 했다.

본동 사람들과 새터마을 사람들과의 이질감은 날로 더해 갔다. 마을에서 일어나는 사소한 것도 서로를 탓하며 으르렁거렸다. 새터마을 사람들은 품어주지 않는 본동 사람들이 야속했다. 본동 사람들 또한 그들만의 장막을 치고 침묵으로 일관하는 새터마을 사람들이 못마땅했다. 확인되지 않는 나쁜 소문은 꼬리를 물고 퍼져나가 서로가 피해자인 양하면서 마을은 최대 위기를 맞았다.

들녘의 벼가 이삭이 나와 열매를 맺을 즈음, 많은 비를 동반한 태풍이 왔다. 매년 오는 태풍이지만 그해 태풍은 달랐다. 삽시간에 흙탕물을 실은 강이 요동을 치는가 싶더니 위험수위를 넘었다. 아슬하게 다리 위를 위협하며 강둑을 거세게 몰아붙였다. 설마 하던 마을 사람들이 초조해지기 시작했다. 칠흑 같은 어둠 속에 장대비는 내리고 잠 못 드는 밤이 왔다. 그때 어디선가 어렴풋이 징소리가 들려왔다. 폭풍 속 장대비를 뚫고 한숨 토하듯, 감정의 파고를 넘나들며 다급하게 들려오던 그 소리는 생과 사의 갈림길에 선 마을 사람들을 향한 절박한 외침이었다. 마을이 위험해졌다.

본동의 장정들이 삽과 가마니를 들고 둑으로 달려갔다. 그러나 그곳엔 이미 둑을 지키기 위해 밀려드는 물살에 맞선 용감한 이들이 있었다. 횃불을 든 새터마을 사람들이었다. 벌써 피난 갔을 거라 여겼던 그들이 사투를 벌이고 있었던 것이었다. 모두가 태풍에 맞서 둑을 사수하던 그 밤은 길고도 두려웠지만 하나가 되는 밤이었다. 마침내 해가 뜨고 물이 빠지면서 사람들은 소중한 삶의 터전을 지켜낸 공을 서로에게 돌리며 기뻐했다. 삶의 뿌리를 위협하는 순간이 닥치면 서로 협력하고 위로하는 건 인지상정이었으리라.

누가 그 밤에, 왜, 징을 쳤는지는 알 수 없다. 다만 마을의 안녕을 위해 울렸을 그 소리는 나 없이 너 없고, 너 없이 나 없는 한마음의 소리였기 때문이었다. 설익은 정서의 한 형태라고 할 수 있는 텃세. 그것을 극복할 수 있는 길은 모두에게 조화라는 어우러짐만이 필요했다. 가락의 장단을 감싸 멀리 울려 퍼지게 해 사물의 신명을 제대로 형성시키는 징소리 같은 그러한 어우러짐만이.

인생이라는 바다에 돛단배로 폭풍과 맞설 때. 분별없는 마음이 격해져 눈물이 날 때. 고양高揚될지언정 결코 난파되지 않았던 그 밤의 징소리를 떠올린다.

그 때 그 사람

카지노 앞마당에 눈이 내리고 있었다. 하얀 눈이 욕망처럼 일렁이는 불빛에 황금빛으로 물들고 있었다. 초저녁의 카지노는 잃어버린 이들의 서성거림과 부푼 욕망의 보따리를 안고 입장하는 이들의 열기로 눅진했다. 때마침 대관령을 넘어온 칼바람이 외치듯 윙윙거렸다. "인생 백구과극白駒過隙이라." 이 밤 황금의 기회를 잡으라는 듯.

눈꽃 덮인 겨울 산을 보러 나온 여행의 첫날이었다. 짐도 풀기 전 누군가 넌지시 카지노 체험을 제안했다. 발동한 호기심에 일행이 행동에 옮긴 건 순식간이었다. 그날 밤, 그곳에서 그를 만난 건 특별한 경험이었다.

카지노라는 특별한 장소 때문이었을까. 심장의 박동이 의

뭉스럽게 빨라진다고 느끼는 순간, 저만치 앞마당에 쪼그리고 앉아있는 한 남자가 보였다. 섣달 그믐밤의 냉기조차 잊은 걸까. 그는 손에 움켜쥔 눈이 녹아 버리면 다시 움켜쥐기를 하염없이 반복하고 있었다. 단조롭기까지 한 남자의 행동으로 보아 그는 필시 오랫동안 저곳에 있었던 게 분명해 보였다. 그가 손에서 놓친 것은 무엇이며 잡으려는 것은 무엇일까. 황금인 줄 알고 잡았더니 이내 눈처럼 녹아 버린 욕망의 허상은 아니었을까.

그를 다시 본 건 카지노 한 귀퉁이 공중전화 앞이었다. 삽시간에 지갑 절반을 털리고 한기 같은 후회로 떨고 있을 때였다. 달그락거리는 카지노의 금속음이 공중전화 앞까지 따라와 '기회는 얼마든지 있어. 다시 해봐.' 뱀의 혀처럼 날름거리며 속삭이는 중이었다. 나는 끈적이며 따라붙는 그 뭉근한 환청을 애써 외면하고 눈 내리는 창가에 섰다.

그가 핸드폰을 빌려 달라고 손을 내민 건 그때였다. 공중전화 앞에서 핸드폰을 빌리려는 그를 뜨악한 눈으로 쳐다보았다. "잔돈이 없어서…" 깊숙이 찔러 넣지 못한 바지 속 떨리는 그의 손을 보았다. 황금빛 부유물처럼 누렇게 뜬 그의 얼굴에 짧은 경련이 일고 있었다. 그 모습은 허공만큼 넓은 길에서 만난 막다른 골목에서의 겁먹은 모습이었다.

머뭇거리며 핸드폰을 건네주고 돌아섰다. 창문에 부딪혀 난분분亂粉粉 흩어지는 눈발은 마치 한여름 밤 불빛 향해 달려드는 하루살이 떼 같았다. 핏발 선 눈으로 황금빛 욕망을 좇아 온몸을 내던지는 섣달 그믐밤의 하루살이 같은 존재들. 그랬다. 적어도 그날 밤 내가 만난 그 남자가 그랬고 나 또한 그랬다.

두꺼운 점퍼 속에 감춰진 남자의 몸매는 잘 관리된 중년으로 보였다. 빈틈없는 일상으로 중무장된 직장인이라 짐작됐다. 핸드폰을 받아들 때의 희고 가는 손가락으로 보아 험한 일을 하는 사람 같아 보이지는 않았다. 왠지 그도 나처럼 이곳이 처음일 거라는 생각도 들었다. 그는 여기에 왜 왔을까. 어쩌면 공금을 들고 출장 왔다 잠깐의 유혹에 빈손이 되어버린 것은 아닐까. 아니면 정리해고라는 서슬 퍼런 작두에 난도질당한 후 끝 간데없는 고통과 헤어날 수 없는 허기의 순간, 일확천금의 꿈을 꾸며 이곳에 왔는지도 모른다. 핸드폰을 받아 쥘 때 떨리던 그의 손끝을 생각했다. 동공마저 경직된 눈동자도 보았다. 그 상실의 공포는 아마도 무채색의 두려움일 거라는 생각이 자꾸 들었다.

그때 다급한 그의 목소리가 들려왔다. "조금이면 돼. 아직 기회는 있어. 핸드폰도 찾고 차도 다시 찾을 수 있어." 속사

포처럼 내뱉고 그가 가쁜 숨을 몰아쉬고 있었다. 바짝 타들어 가는 창백한 입술이 생생하게 가까운 듯 보였다.

빌려 간 핸드폰을 잊은 걸까. 굳게 움켜쥔 채 서성였다. 그 곁으로 혼란의 그림자가 얼마나 지나갔을까. 마침내 한 번 더 핸드폰의 버튼을 길게 누르는 것 같았다. 애써 부드러운 목소리로 통화를 하는 이는 아내였다. "집엔 별일 없지. 차가 고장이 나는 바람에 시간이 좀 지체되고 있어." 나지막하니 애써 태연을 가장했던 그의 짧은 통화도 끝났다.

"고맙습니다." 얼굴을 마주하지 않으려는 듯 핸드폰을 건네주고 남자가 잽싸게 고개를 돌렸다. 설핏 스쳐 가는 핏기 없는 그의 옆모습이 깎아놓은 밤톨처럼 반듯했다. 건네받은 핸드폰에서 새까맣게 타들어 가는 그의 속마음이 고스란히 전해져왔다. 설혹 오늘 그의 선택이 잘못된 것이라 해도, 여전히 큰 아쉬움으로 남는다 해도 그로 인해 현재의 삶이 위축되지 않기를. 내 눈빛 동정을 받으며 떠나는 그의 뒤로 섣달 밤의 냉기도 숨죽인 채 따라가고 있었다.

그를 다시 만난 건 다음 날 카지노로 이어지는 호텔 로비에서였다. 커피 한 잔으로 생경한 경험의 여행을 마무리할 참이었다. 막 객실에서 내려왔는지 프런트에서 계산하고 돌아서는 그와 눈이 마주쳤다. 어제와는 달리 말쑥했다. 핸드폰을 쥐고 가볍게 눈인사로 지나치는 그의 얼굴이 달라져 있었다.

전날 불안하게 흔들리던 핏발 선 눈동자는 아니었다. 지나치는 그를 돌아보는 그 순간, 그도 가다말고 돌아보았다. "고장 난 자동차는 다 고치셨나요." 황금에 잠깐 영혼을 팔아 버리고 지옥을 다녀왔을 남자가 대답 대신 웃었다.

눈물 나게 안타까운 웃음을 보이던 남자가 떠났다. 나는 남자와 함께 머물렀던 그날의 카지노에서 알았다. 삶에서 모든 시간이 내게 유용하다면 그때 그 시간도 소중한 시간이었다는 것을.

그
강
이
깊어질
때

가을이 부쩍 수척해졌다. 여름내 가들막하던 강물도 시나브로 여위어졌다. 푸른 별 밭 가득한 강가에 풀벌레 소리 가득하다. 귀뚜르르 왕귀뚜라미가 가야금 줄 고르듯 청아하게 울면, 히리이링 히리이링 방울벌레 귀뚜라미가 응답하듯 구슬프게 운다. 사랑하는 이를 잃은 사람들의 가슴을 저미게 하는 소리다. 사랑이란 한사코 너의 옆에 붙어서 뜨겁게 우는 것이라고 속삭이는 듯하다.

그해 오월, 우물가의 꽃들은 유난히 청초하고 예뻤다. 손에 잡힐 듯 가까운 강은 푸르고 맑았다. 윤슬의 반짝임에 물고기들의 자맥질도 빨라졌다. 어느 날, 강 건너 앞산 벌목꾼들이 머물다 떠난 작은 오두막집 굴뚝에 하얀 연기가 올랐다. 빈집의 손님을 반기기라도 하듯. 이팝나무 하얀 꽃이 합창하듯 돋아나더니 제비꽃도 지천으로 피어났다. 그 풀꽃나라 들꽃 세상에 홀연히 나타난 젊은 부부. 그들이 나병 환자라는 것이 밝혀지자 마을은 한바탕 술렁거렸다. 더불어 엄한 경계령도 내려졌다. 보아주는 사람도 없는 적막한 강가에서 그해 봄 풀꽃들은 홀로 피어야 했다.

오두막집 사람들은 가끔 강둑에 나란히 앉아있거나 무심하게 가는 듯, 마는 듯 걷다 시야에서 사라지곤 했다. 그때마다 놀란 우리들은 멱을 감다 말고 둑으로 뛰어올라 가쁜 숨을 몰아쉬었다. 예기치 못한 작별로 헤어져야만 했던 물고기와 발가락을 간질이던 재치조개는 꿈속으로 다시 찾아와 놀다 갔다.

우리가 강을 찾아갔는지, 강이 우리들을 불러냈는지 아름아름 아이들이 더위를 피해 강가로 모여들었다. 보랏빛 오이풀이 섞여 있는 곳에 노란 두메고들빼기가 어우러져 한들거리며 아이들을 반겼다. 먼 산 짝을 못 찾은 수컷 뻐꾸기가 밤새 목이 쉬도록 우는 밤이면, 오두막집 들창에도 따뜻한 불빛이 가물거리며 새어 나왔다. 멀리서도 눈에 띄게 불어난 아내의 배를 포스거니 감싸 안고 그들 부부는 거북이처럼 느리게 걷기도, 다정하게 어깨동무를 하고 강바람을 쐬기도 했다. 간간이 흐르는 강을 건너온 그들의 짧은 웃음소리도 들려왔다.

달무리진 강가에 별빛 쏟아지던 밤이었다. 그 어스름한 달빛을 받으며 급히 우리 집 싸리문을 밀고 들어서는 사람이 있었다. 강물을 헤치고 찾아온 이는 오두막집 남자였다. 두런두런 몇 마디 얘기를 나누던 어머니가 재빨리 뒷방 대들보 위의 하얀 보따리 하나를 아버지에게 건넸다. 그리고 아버지와 오두막집 사내는 달빛 내려 출렁이는 강을 다시 건너갔다.

"아들이더라. 건강하더구먼. 잘 키워달라고 신신당부했다." 동틀 무렵, 오두막집 새 생명을 안고 수녀원에 갔던 아버지가 돌아왔다. 생명을 품었던 열 달간의 짧은 행복과 기약 없는 긴 이별은 그들이 택할 수 있는 최선의 선택이었을 거라고 하셨다. 이후 오두막은 강바람에 실려 온 물안개에 자욱하게 덮였다. 갈대밭 둥지 속의 새들 노랫소리도 멈추었다. 강물마저 속울음을 삼키며 소리 없이 저릿하게 흘렀다.

가을은 마당을 가로질러 부엌 깊숙이 들어왔다. 어머니는 밥솥 뚜껑을 열고 잘 여문 강낭콩 한 주먹 휘익 던져 올린 뒤 풀무를 돌렸다. 돌확에 으깬 들깨와 시래기를 품은 무쇠 솥 뚜껑이 들썩거릴 때마다 구수한 냄새가 진동했다. 해 질 녘이면 먼 언덕 위의 수녀원을 향해 꺼억꺼억 우는 그들의 울음소리도 오래도록 들려왔다. 그 소리는 저무는 강 위로 말간 슬픔이 되어 무서리처럼 내려앉았다. 핏덩이를 떠나보낸 오두막 사람들이 밟혔을까. 길 떠날 채비를 마친 철새들마저 회백색 갈꽃이 넘실거리는 강가를 떠나지 못하고 서성거렸다. 아이들도 강둑에 누워 바람을 타고 콧속으로 스며드는 마른 풀냄새만 맡았다. 강은 묵묵히 그 모든 것을 속으로만 품고 저 홀로 깊어가고 있었다.

풍년이 든 섬안 뜰 사람들의 눈도 깊고 그윽해졌다. 아버지는 곧 소록도로 떠난다는 그들의 먼 길 채비를 도왔다. 어머니는 성치 않은 몸으로 길 나서는 그들을 걱정했다. 이별 앞에 아스라니 깊어진 강가 소슬바람에 놀란 갈대만이 사시나무 떨듯 나부끼고 있었다.

찬물에 머리를 헹구듯 정갈한 늦가을의 어느 날, 오두막은 다시 비워졌다. 올 때처럼 홀연히 사라지듯 가버린 부부. 그 해 가을, 나는 이별이란 한때 나를 사로잡고 빛났던 아름다운 것들이 사라지는 것, 마치 꿀맛 같았던 꽁보리밥 맛이 떨어질 때의 그런 느낌 같다는 것을 알게 되었다.

다시 가을이다. 막히고, 헝클어져 시도 때도 없이 사는 게 팍팍해 가슴이 헛헛하다. 강을 찾아 가슴을 풀어 놓는다. 흐름이라는 본능 하나로 시련을 안고 정갈한 자세로 조용히 내 가슴으로 와 흐른다. 이 가을 오로지 다시 만남을 위해 엎드려 묵상하며 더 깊어져 올 그 강, 형산강을 기다린다.

* 형산강 : 울산광역시와 경주시 포항시를 거쳐 동해로 흘러드는 강.
* 섬안 : 도내동이라 불렸던 포항의 다섯 개 섬 중 상도上島와 대도大島를 합친 옛 행정구역으로 글쓴이의 고향이기도 함.

세 시간이 지나간 자리

아이는 망설이고 있었다. 덜컥, 마주한 어떤 두려움 앞에서 잠시 숨 고르기를 하는 듯해 보였다. 원고지를 받으러 온 목적도 잊은 듯, 주머니 깊숙이 두 손을 찔러 넣고 서성였다. 화창한 봄날의 주말 오후다. 꽃구경 가자는 누군가의 유혹도 뿌리쳤을 테고, 오수午睡의 나른함도 잊고 나선 걸음이 아니었을까. 그런데 어머니의 손을 잡고 이곳으로 향했을 때의 솔직함은 어디 가고, 막상 백일장이라는 곳에서 글을 써야 한다는 무모함에 그만 주저하는 빛이 역력해 보였다.

조금 쌀쌀함과 따뜻함을 오가는 사월의 날씨에 살짝 빨개진 코와 살포시 들어간 볼우물. 예쁜 여자아이는 새내기 초등학생인 듯 보였다. 보송보송한 두 뺨의 솜털이며 하얀 프릴 원피스의 한들거림이 햇병아리처럼 해맑고 싱그러웠다. 잠깐 당황한 눈빛의 어머니와 침묵으로 일관하며 고개만 주억거리는 아이. 그러나 그런 아이의 등 뒤에 선 어머니는 평온해 보였다. 간이용 은박자리와 아이의 노란 스웨터를 안고 다그치지도, 멋쩍어하지도 않고 그저 조용히 지켜만 볼 뿐이었다. 스스로의 결단을 진득이 기다리는 눈치였다. 어머니의 그런 편안한 기다림을 느꼈을까, 아이 역시 평온해 보였다. 목마른 당나귀를 데리고 물가에 온 이들의 인내심이 이러했을 터였다.

얼마의 시간이 지났을까. 백일장의 시작을 알린 지도 한참 지난 시각이었다. 세 시간이라는 주어진 조건과 시제가 발표되고 삼삼오오 글짓기 삼매경에 들 때쯤, 남은 원고지를 정리하고 막 일어서려던 참이었다. 원고지 한 장을 달라며 아이가 고사리손을 내민 것이었다. 아! 이럴 수가. 벌써 집으로 돌아갔을 거라 여겼던 아이는 아직도 이곳에 있었다. 나도 모르게 벌떡 일어나 보물처럼 원고지 한 장을 조심스럽게 건넸다. 받아들 때 미세하게 떨리던 원고지에서 아이의 두려움과 벅참도 전해져 왔다. 까만 눈동자에 서린 어떤 용기로 무장된 결연함도 설핏 엿보였다. 조용히 비켜서 기다리던 아이의 어머니 입가에 짧은 봄밤 같은 미소가 지나갔다.

아이는 비틀거리며 글이라는 망망대해를 향해 한 걸음 내딛는 것이 분명해 보였다.

참가자들 속으로 스며든 아이를 눈으로 좇았다. 어머니는 백일장이 개최되는 실내체육관 한쪽 자리에 앉아 조용히 독서 중이었다. 그러나 아이는 무슨 탐색이라도 하는지, 글밭에 나타난 한 마리 나비처럼 이곳저곳을 나풀거리며 기웃거리고 있었다. 나는 아직도 아이를 뒤척이게 하는 그 뭔가가 있다는 생각이 들어 중얼거렸다. "너무 두려워하지는 마. 뛰어놀다 조금 다쳐 놀란 정도의 두려움이면 좋겠어. 그러니 눈부신 용기를 낸 자신을 믿어 봐."

짧은 탄식 같은 내 간절한 바람이 통했을까. 마침내 어머니 곁으로 돌아간 아이는 은박자리에 납작 엎드려 원고지를 마주하고 있었다. 나풀거리며 방황하던 나비가 드디어 글밭에 앉은 모양새였다. 꽃의 꿀을 빨 듯, 글밭에 활짝 핀 언어라는 꽃의 달콤함을 탐하고 있는 중이리라.

주어진 시간도 얼마 남지 않은 시각. 가쁜 숨을 몰아쉬며 아이가 눈이 똥그래져 달려왔다. 지우다가 원고지가 찢어졌다며 바꿔줄 수 있느냐고 걱정스럽게 물어 왔다. 나는 아이의 눈을 지그시 들여다보며 고개를 끄덕여 주었다. 호기심과 벅참으로 살짝 상기된 눈빛이었다. 뭔가를 이뤄내려 향해 가는 절정의 순간에나 표출되는 그런 눈동자가 틀림없었다. 그 어떤 대단한 일에 스스로를 다잡고 있다는 느낌마저 들었다. '마침내 나비가 꿀맛을 알았구나.' 문득 야무지게 원고지 한 장을 받아들고 굴렁쇠 굴러가듯 돌아간 아이가 채워갈 원고지가 궁금해졌다.

원고지 작성을 마친 참가자들이 하나, 둘 돌아가고 있었다. 실내는 글솜씨를 겨루던 이들이 쏟아놓고 간 언어의 향기로 그득했다. 새 학기를 맞아 한 발 더 돋움 하는 아이들의 생기 넘치는 에너지로 질펀했다. 어머니가 건넨 노란 스웨터를 걸치고 아이는 아직도 원고지와 씨름 중인 것 같았다. 실내의 소란함도 아랑곳하지 않고 열중하는 모습이 망망대해 글밭을 나르는 한 마리 나비처럼 유유자적해 보였다.

'파도는 지우개'라고 시작된 아이의 시는 다섯 줄이 전부였다. 수없이 지우고 다시 쓴 흔적은 아이가 달려가고 또 달려가 만났을 언어의 바다에서 건져 올린 보물이었다. 비틀거리면서도 포기하지 않았던 소중한 용기의 결실이었다. 순간 저 깊은 곳에서 뜨겁고 뭉클한 것이 꿈틀거리며 올라와 목구멍에 턱 걸렸다. 내뱉을 수가 없었다. 그 감동은 빗물처럼, 음악처럼 오래오래 내 가슴을 적시며 힘들 때마다 내면의 빛과 소금이 되어 줄 것만 같았다.

내겐 이음새 하나 없이 매끄럽고 완벽한 글을 쓸 수 있는 능력이 없다. 그러나 망설임과 서성거림을 숨김없이 글속에 녹일 수 있는 무모함과 솔직함은 있어, 그동안 내 글의 활력 소였음을 아이를 통해 느낀 세 시간이었다.

아이가 머물다 간 자리를 보았다. 세 시간이 지나간 자리는 아이가 미처 오물거리다 삼키지 못한 무수한 언어들로 반짝거리고 있었다. 망설임과 서성거림을 숨김없이 내놓고 고사리손으로 적어나갔을 생각의 흔적들이 싱그러움으로 남아 있었다. 오직 혼자 힘으로 글밭에서 일구어낸 다섯 줄의 글이 이제는 아이를 두려움에서 구원해 주었기를, 그 힘으로 다시 봄 햇살 속으로 반짝이며 튀어 오르기를 바랐다.

하현 下弦

쑥부쟁이 지천으로 깔린 고택의 돌담 밑, 석등화창의 불빛이 바람에 일렁인다. 소슬바람 한 줄기 고색창연한 기와지붕을 쓸고 간다. 승용차로 반나절 걸려 도착한 고택은 친정엄마처럼 '와락' 우리를 반겼다. 나는 잠시 가방을 내려놓고 손에 쥔 식은 커피 향을 쫓는다. 몇 남은 담쟁이 이파리가 이끼 낀 돌담을 붙잡고 있는 고택 마루에 일행은 털썩 걸터앉았다.

제대로 된 개보수 없이 시간만 흐른 골동품 같은 고택에 이순의 여인네들이 모였다. 사랑채와 안채가 따로 구분이 되어 있었고 마당에 우물이 있는 '미음' 자형 한옥이었다. 어딘가 남아있을지도 모를 유년의 추억 한 조각 찾고 싶었을까. 한 달 전, 아등바등 앞만 보고 살다 보니 웃고 있어도 살짝 눈물이 난다는 친구가 제안해 나선 걸음이다. 남편 밥 짓기며 집안 청소며 손자 돌보기까지. 오늘 하루쯤은 잊자고 네 명의 친구들이 의기투합해 나선 여행길이었다.

짐을 방 안으로 들이고 늦은 저녁을 먹었다. 산나물이며 푸성귀가 청국장과 함께 차려진 단출한 식단이었다. 갑자기 깊은 산속 수도승처럼 엄숙해졌다. 소박한 밥상을 앞에 놓고 보니 화려한 식단만을 지향했던 삶이 부질없다는 생각이 들었다. 모두들 조용히 음식을 먹었다. 맛으로 느끼는 고택체험이었다. 그새 젊은 관리인은 연신 아궁이에 장작을 디밀었다. 쩔쩔 끓는 온돌방에 참나무향이 스며드니 온몸이 나른해졌다. 상을 물리고 굽은 등뼈를 천천히 방바닥에 누인다. 그러면 방바닥은 지그시 세파에 찌든 몸을 받아준다. 피곤이 머리끝에서 발끝으로 천천히 빠져나간다. 고택체험의 백미다.

힐링이 대세가 된 요즘엔 여러 가지 체험활동이 유행한다. 남녀노소를 막론하고 즐기는 층이 다양하다. 숲 힐링, 강 힐링, 음식 힐링 등 종류도 다양하다. 그중에서도 한옥체험을 선택한 것은 잊어버린 옛날에 대한 향수 때문은 아닐까. 도회 속에서 바쁘게 살아가는 현대인들에겐 지친 심신을 치유하려는 소망이 늘 가슴 한편에 자리 잡고 있다. 자연으로 돌아가는 것은 루소의 주장만은 아닐 것이다. 서로의 일정을 겨우 맞추어 이렇게 이틀간이라도 일상을 떠나보는 게 얼마나 오랜만의 일인지 모른다.

싸와! 싸와! 뒤 숲 대나무가 바람에 흔들리며 쌀 씻는 소리를 낸다. 문을 여니 먼 산봉우리 위로 달이 떠 있다. 고무신 코 같은 그믐달이 구름을 비켜 가고 솔잎의 향이 코끝을 스친다. 밤 부엉이가 울고 어디선가 계곡물 흐르는 소리도 들려온다. 청풍명월이 따로 없다. 이대로 시간이 정지해버린다면 얼마나 좋을까.

뭐가 그리도 우스운지 저무는 달 같은 여인네들이 연신 깔깔거리고 있다. 일찍 남편을 잃은 친구, 대도시에서 자수성가한 친구, 서른 중반이 넘도록 장가 못 간 아들을 둔 친구. 한숨 섞인 푸념과 가슴에만 쟁여놓은 남편 흉과 가끔은 진한 농담들이 이어진다. 주부로서, 엄마로서 자신을 드러내놓고 내색하지 못했던 이야기들이 봇물처럼 터진다. 가슴이 멍해져서 말을 잇지 못하는 사이, 마루 밑의 귀뚜라미가 귀뚤귀뚤 추임새를 넣는다.

한때 〈꽃보다 할매〉라는 TV프로그램이 있었다. 나이가 이슥하게 든 여자탤런트들이 여행지에서 수다를 떨면서 서로 자신을 뒤돌아보는 이야기였다. 인생을 오래 살아온 사람들의 눈빛이며 말 한마디에는 삶의 지혜가 고스란히 담겨 있었다. 이렇게 고택체험을 온 것이 그것 때문이었는지도 모른다.

밤이 깊어갈수록 여자들의 수다도 길어진다. 한 겹씩 옷을 벗어 던지며 무장해제 할 때마다 물큰 알싸한 들깻잎 냄새가 난다. 성글어진 머리카락 위에 뒤집어쓰고 온 헤어보톡스[가발]를 내려놓는가 하면 부실해진 치아에 갈아 끼운 틀니도 서슴없이 빼놓는다. 그 모습들이 하현달 같기도 하고 조금씩 스러져가는 고택 같기도 하다. 자지러지는 웃음 뒤에 쓸쓸한 쇠락이 보이는 건 어쩔 수 없는 일이다.

자정도 한참 지난 시각. 구름 한 뭉치 동반한 하현달이 대청마루에 석등처럼 걸려 있다. 저무는 달 때문이었을까. 반질하게 기름 먹인 대청마루에 여인네들이 하나둘 모여 앉았다. 정갈하게 쓸어놓은 마당에 희미한 달빛이 뒹군다. 기둥 옆에 기대어 바라보는 하늘에 별들이 쑥부쟁이처럼 피어 있다. 이끼 낀 돌담과 낡은 마루며 장지문이며 도회 생활에선 느낄 수 없는 것들이다.

누군가 판 피워놓고 이야기보따리를 풀어놓으니 봇물 터지듯 한다. "살다 보니 그냥 살아지더라. 그 세월을 어떻게

살았는지 이젠 다 잊어버렸다." 인생의 저물녘에 도착한 그
녀들의 삶은 어떤 가을풍경보다 아름다워 보였다. 토닥토닥
서로의 노고를 위로하며 가을밤도 함께 저물어 갔다. 누군
가는 노래를 불렀고 누군가는 사랑의 시를 낭송했다. 산국
의 쌉소로운 향기 같은 것들이 가슴에 밀려왔다 밀려갔다.

　고택이 낡아가는 것처럼 누구든 가을이 되고 겨울이 된다.
영원히 젊은 것은 없다. 고택이 아름다운 것은 거기 시간의
더께가 있어 그렇겠지만 실제론 조금씩 저 자신을 덜어내는
무욕에 있는 것이 아닐까. 풍장風葬처럼 저를 소멸시켜가는
것. 그리하여 마침내 한 줌 흙으로 돌아가는 것. 거기에 진정
한 가치가 있을 것도 같다.

　밤이 깊어가자 시끄럽던 여인네들도 잠자리에 들었다. 다
들 눈을 감고 있었지만 쉬 잠이 오지 않는 모양이다. 지금쯤
하현달은 서산 쪽으로 지고 있을 것이다. 어디선가 고양이
울음소리도 들린다. 다들 무슨 생각을 하고 있는지 말은 하
지 않아도 이심전심이 된다. 고택체험을 하고 난 후 우리는
올 때보단 좀 더 가벼운 몸으로 귀가하리라. 세월의 더께를
더해가는 고택처럼 욕심 몇 개를 버리고.

뜸부기 소리

　뜸부기는 갔다. 먼 다랑논둑에 자신의 울음을 버리고 날아가 버렸다. 뜸북 뜸북뜨음 북- 힘들고 외롭다며 그리도 목 놓아 울었건만 아무도 듣지 못했다. 가장 낮은 곳에서 울었기 때문에 눈에 띄지도 않았다. 위급한 상황이 아니면 좀체 자리를 뜨거나 날지 않아서 발견되지도 않았다. 곱고 아름다운 소리로 한 번 울어보지 못하고 그렇게 가버렸다.

　추억을 노래하는 은둔의 새. 나는 뜸부기 소리를 들으며 자랐다. 풀숲에 목만 내놓고 잽싸게 숨어다니던 여름 철새인 뜸부기와 논둑, 밭둑을 공유하며 유년을 보냈다. 뜸, 뜸, 뜸. 굵고 힘찬 단음절의 소리로, 때로는 뜸북 뜸북 뜸북 비교적 짧고 단순한 두 음절의 소리는 무논이나 논두렁 콩밭 같은 곳에서 자주 들렸다. 그 소리는 울림이 있는 소리였다. 기다림에 그리움을 덧댄 소리였다.

신록이 푸르다 못해 짙은 녹빛으로 변하는 이맘때, 뜸부기 소리가 그립다. 존재하면서 멀어진 것을 기억한다지만 뜸부기 소리처럼 사라져가는 것을 기억하는 것은 또 다른 애잔함이다. 고요히 앉아서 누군가를 떠올리게 하는 부스러지는 소리이기에 더욱 가슴 에인다.

옥이네 산골 오두막집 가는 길은 멀었다. 하굣길에 슬며시 내미는 옥이의 손에 이끌려 따라나선 걸음이었다. 따가운 햇살 아래 논두렁 밭두렁을 걸을 때 뜸부기도 동무했다.

"뜸부기가 울면 오라비가 온대." 도시로 돈 벌러간 오빠를 기다리는 옥이를 위로한답시고 나는 쫑알거리며 걸었다. 일찍 아버지를 여의고 어머니와 단둘이 사는 옥이네 작은 오두막은 싸락눈이 내린 듯 하얀 밤나무에 둘러싸여 있었다. 나지막한 흙담 위로 기어오르는 덩굴장미와 나팔꽃이 한창이었다. 접시꽃과 분꽃도 낯선 손님을 반기듯 꽃밭 가득했다. 덥고 지친 빈속을 찬물 한 그릇으로 달랜 뒤, 옥이와 나는 마루에 나란히 누워 따라온 뜸부기 소리를 들으며 잠이 들었다.

세월이 흘러 초등학교를 졸업하면서 우리는 서로 다른 길을 택하면서 잠시 잊었다. 문득 그녀의 하얀 덧니가 생각나

수소문 했지만 아는 사람은 없었다. 그랬던 그녀가 거짓말처럼 내게 전화를 걸어 온 것이었다. 그것도 같은 도시 근거리에서였다. 십오 년 만이었다. 전화기 너머로 그때 그 산골 뜸부기 소리도 함께한 듯 반가웠다.

그토록 보고 싶었던 옥이였다. 그러나 비 내리는 남포동 뒷골목 다방을 들어서던 얼굴은 낯설기만 했다. 뽀얀 얼굴에 도드라진 덧니가 예뻤던 그 아이는 어디 가고, 검은 스카프 속에 가려진 옥이의 얼굴은 온통 붉은 염증으로 뒤덮인 채 일그러져 있었다. 얼마나 보고 싶었던 얼굴이던가. 우리는 말없이 손을 잡고 안타깝게 바라만 보았다. 이윽고 홀어머니마저 돌아가신 지난해부터 생긴 뜻밖의 이상증세라며 종이 한 장을 내밀었다. 낯선 화장품 몇 가지와 의약품이었다. 자책하듯 고개만 주억거리는 내게 꼭 구해 달라 부탁하는 그녀에게서 심한 통증이 전해져 왔다.

당시 외국계 무역회사에 근무하던 나를 옥이는 어렵게 수소문해 나선 걸음이리라. 며칠 후 이리저리 뛰어다니며 구한물건을 들고 나는 단숨에 그녀를 만나러 갔다. 그러나 그녀는약속된 장소에 나오지 않았다. 연락조차 없었다. 초조하던 마음이 자꾸 불길한 생각으로 바뀌자, 오빠와 자취한다는 주인집으로 전화를 걸었다. 어제 아침 그녀가 병원으로 실려 가는 것을 봤다고 했다. 그러나 내달려간 병원 어디에도 그녀는 없었다. 병실 문을 여닫던 손과 휘청거리는 다리를 감당 못 해 주저앉을 때쯤, 간호사는 영안실을 가르쳤다.

저만치 영정 사진 속에 단발머리를 한 그녀가 웃고 있었다. 검은 스카프를 벗어버리고 마른버짐과 농즙 없는 예쁜 얼굴로. 근래 부쩍 심해진 우울증을 이기지 못하고 음독했다며 그녀의 오빠는 흐르는 눈물을 주체하지 못했다. 주인 잃어버린 물건을 영정 사진 앞에 밀어 놓고 나는 다시 그녀와의 긴 이별을 하고 일어났다. '찾지나 말지.' 그녀를 위해 동동거렸던 시간들이 떨어지는 눈물 위로 어른거렸다.

헤어짐을 예비할 수 있는 행운은 누구에게나 공평하게 찾아오는 것은 아닌 모양이다. 병원 문을 나서는 귓가로 그때 그 뜸부기 소리가 다시 환청처럼 들려왔다. 뜨음-북 뜨음-북 남겨진 사람들에게 작별의 인사 건네듯, 다음의 또 다른 만남을 약속이라도 하듯. 그 소리는 때로는 시간만 앞세워 놓고 기억에서 사라지지 않는 것이 되어 나를 슬프게 한다.

갈음옷

보따리를 푼다. 오방색 저고리에 물빛 고운 본견치마 한 벌, 그리고 복숭앗빛 명주두루마기 수의가 누런 담뱃잎에 싸여 있다. 행여 좀이 슬세라 세심하게 갈무리한 덕분일까. 견의 색과 광택도 그대로 살아있다. 마지막 가는 길 마음껏 호사를 누려보고 싶었던 어머니가 이승에서 손수 준비한 갈음옷이 화려하다.

영정 사진 속 어머니가 입은 무채색의 치마저고리. 그 색은 당신이 평생 좋아서 즐겨 입는 색인 줄만 알았다. 철철이 그 많은 남의 옷 지어주면서 고운 갈음옷 한 벌 해 입지 못했던 어머니. 나는 그때 어머니도 빛깔 고운 옷 좋아하는 여자라는 사실을 왜 몰랐을까.

시집와서 쌀 서 말을 먹지 못하고 죽었다는 깡촌이었다. 그곳에서 어머니는 낡은 손재봉틀 하나를 보물처럼 끼고 살았다. 어머니의 먼 친척이 이사 가면서 물려준 귀한 재봉틀이었다. 겨울이면 화롯가에서 여름이면 바람 드는 마루에서 가위와 인두, 자와 함께 움직였다. 어머니는 누구도 접근을 허락하지 않아 손잡이에는 당신의 손때만 묻어 반질거렸다. 재봉틀 앞에 앉은 어머니에겐 어떤 경건함이 뿜어내는 여인의 향기마저 났다.

손끝이 맵고 짜기로 소문난 어머니였다. 명절 무렵이면 옷을 지으려는 사람들로 문전성시를 이루었다. 방 안에는 공단, 양단, 옥양목, 포플린과 본견 등의 옷감들이 대나무 말대에 곱게 말려 차례를 기다렸다. 노루발이 돌돌돌 밟고 지나간 천 조각은 얼마 후 두루마기와 저고리, 조끼로 만들어져 나왔다. 손바느질보다 몇 배 더 가지런하고 튼튼했다. 완성되어 재봉틀을 내려오던 옷을 보며 나는 신기함에 감탄하곤 했다. 만들어진 고운 옷을 집집이 나르는 일은 내 몫이었다. 예쁜 때때옷을 보자기에 싸안고 갈 때면 부러움에, 푸새 된 명주의 흐드러진 노란색 치마에는 정신이 몽롱해지기도 했다.

어머니의 손끝을 거치고 간 옷은 이승의 옷보다 저승의 옷이 더 많았다. 근동의 많은 사람들이 어머니가 만든 이승에서의 마지막 갈음옷을 입고 갔다. 벼를 벤 들판도 휴식에 들어간 시간. 어머니는 건조한 시간을 뭉개려 부탁받은 수의를 만들었다. 희미한 호롱불 밑에서 그림자 길게 문풍지에 일렁이며 한 땀 한 땀 내세에서의 평안함을 기원하며 밤새워 만들었다. 맑고 경건했던 그 모습이 선명하게 남아 어머니의 이타적인 모습을 엿보기도 했다. 마치 놓고 싶지 않아도 내 의지와 상관없이 떠나버릴 많은 것들에서, 떠나는 연습을 하는 사람처럼 엄숙함마저 들었다. 하찮은 손끝의 재주일지라도 누군가의 마지막 갈음옷을 입히는 것이 마치 당신의 숙명인 양 적요寂寥하고 따뜻한 눈빛으로 공을 들였다.

단은 접어서 공글러지지 않은 채 그대로 가만히 숨겨 주었다. 한번 마른 감은 다시 마르지 않았다. 영혼 불멸과 내세 영생을 위해 바느질하는 내내 도중에 실을 잇지 않았으며, 바늘 땀은 되돌아 뜨지 않았다. 또한 끝맺음에 매듭짓는 우愚를 범하지도 않았다. 바느질하는 그때만큼은 얼룩을 걱정해 천둥벌거숭이 같은 우리들의 근접을 막았다. 생명의 무게인지, 영혼의 무게인지 사람이 죽는 순간, 고작 동전 다섯 개의 무게 21g이 떠난 육신을 감쌀 수의에 어머니는 노심초사했다.

주로 수의를 챙겨줄 자녀가 없어 홀로 떠날 준비를 하는 외로운 이들의 부탁을 받았다. 살아서 호사스런 옷 한 벌 입어보지 못한 사람들이 가는 길, 세상 어느 옷보다 화려한 옷을 입고 가고 싶은 마음을 엿보았을까. 꼬박 이틀 혹은 사흘, 완성된 옷이 재봉틀에서 내려오는 날이면 어머니는 거의 탈진한 모습이었다. 혼신의 힘을 다해 완성된 수의는 무명 흰 보자기에 곱게 싸 직접 가져다주었다.

은행잎이 노랗게 멍석을 깔던 어느 해 가을, 요양병원의 어머니를 뵈러 가면서 빨간 꽃무늬 스웨터를 입고 갔다. 들어서는 순간부터 '곱다 곱다'는 말을 연발하면서 어머니의 눈은 스웨터에서 떨어질 줄 몰랐다.

"어무이한테는 어울리지 않을 색인데." 떨어질 줄 모르는 어머니의 시선이 주책없다는 생각이 들어 매몰차게 뿌리치고 돌아오는 길 내내 마음이 편치 않았다.

부지불식 끊임없이 변하고 간사한 게 사람의 마음이던가. 며칠 후 다시 어머니를 뵈러 가면서 그 스웨터를 들고 갔다. 그러나 '곱다 곱다'를 연발하며 기쁘게 입어야 할 어머니는 그곳에 없었다.

개운치 않은 눈과 청량하지 않은 귀, 어머니는 유독 당신의 옷에 민감하게 반응했다. 좋아할 것 같아 자식들이 사다 준 옷에 불평하거나 역정을 냈다. 그때마다 그저 혀 두어 번 차는 걸로 속내를 드러내지는 않았지만 불만은 딴 데 있는 듯했다.

자욱이 피어오르는 향 속에서 어머니는 희끄무레한 저고리를 벗어버리고 방금 풀어놓은 갈음옷으로 갈아입는다. 영안실이 복사꽃처럼 환해진다. 엉킨 삶에의 회한도, 두고 가야 할 모든 것들에 대한 미련도 내려놓은 가벼워진 육신으로 두루마기 자락 펄럭이며 너울너울 춤을 추신다. 꼿꼿한 한 그루 나무는 춤추는 잎새 되어 한 마리 나비처럼 눈물 젖은 복사꽃 사뿐히 지르밟고 저승 문으로 향한다.

몰라서 하지 못한 실천과 알고도 못 한 실천의 무게 차이는 얼마나 날까. 나는 오늘도 어머니를 생각하며 위로와 자학 사이에서 서성인다.

사월의 꽃

사월이다. 천지 사방에 봄빛이 넘실거린다. 매화가 피고, 개나리와 진달래가 피었다. 곧이어 진달래가 지더니 벚꽃이 피고 지고, 이어서 철쭉과 산동백이 폭죽처럼 터져 올랐다. 이팝나무 하얀 꽃이 우우우 돋았다. 김이 모락모락 나는 하얀 쌀 고봉밥처럼 탐스럽다. 꽃눈깨비가 팝콘처럼 흩뿌려져 바닥에 답쌓이고 있다. 조그마한 꽃잎들과 잎사귀들 사이를 부지런히 오가는 이름 모를 새들도 즐거워 보인다. 공기는 맑고 투명하며 발밑에서 올라오는 대지의 냄새는 상쾌하다. 녹색의 푸름에 눈이 젖는다. 시인들이 가장 감격한다는 순간이다. 왜 아니겠는가. 시적 순간이 바로 꽃피는 순간이기 때문이다.

사월에 피는 꽃은 저만치 홀로 피지 않는다. 더디게 와, 짧게 있다 가버릴 봄이라 화들짝 놀라 동시다발로 화르르 핀다. 마치 지난겨울 광화문 광장의 불빛처럼 거대한 한 덩어리가 되어 봄의 생명력으로 꿈틀거린다. 골짜기마다, 능선마다, 비비고 뭉개며 경쟁하듯 피어 산빛 전체를 바꾼다. 그 모습에 눈부셔 내지르는 감탄사는 배가된다.

곧 봄을 기다린 사람들의 웃음소리에 놀란 꽃들이 앞다투어 필 것이다. 하얀 별사탕 같은 쇠별꽃, 좁쌀만 한 하얀 냉이꽃, 우산살 꽃대에 달려 생글거리는 흰 봄맞이꽃, 깜찍하고 앙증맞은 꽃다지, 광대가 고깔을 비스듬히 쓰고 춤을 추는 듯한 자주색 광대나물꽃, 풀꽃, 들꽃 잔치가 열린다. 어디 그뿐인가. 돌돌 말린 꽃대가 스르르 풀어지면서 방글대는 하얀 꽃마리. 꽃송이 안에 밥알 두 톨을 물고 있는 듯한 며느리밥풀꽃. 제비꽃도 지천이다. 그야말로 찬란한 봄이다.

이맘때, 친구는 쑥버무리를 해 놓고 나를 부른다. 어린 쑥을 캐고 다듬어 쌀가루에 묻혀 폭 쪄낸 쑥버무리는 우리들의 연중 먹거리 행사다. 올해도 친구는 어김없이 창문이란 창문은 죄다 열어젖히고, 군말 없이 달려간 내게 김이 나는 쑥버무리를 내놓는다. 아파트 뜰에 있는 오래된 벗나무는 만개해 창 가득하다. 뒷문으로는 주택가 골목에 나른하게 늘어져 있는 개나리가 시야를 채운다.

우리는 알싸한 쑥 내음과 진한 커피 향에 취해 이유 없이 헤실바실 웃는다. 입이 즐겁고 눈이 즐거워서다. 꽃이 좋고 곁에 있는 벗이 좋아서다. 별 존재감 없이 늙어가는 여인네들이 마치 찬란한 봄날 초대된 특별한 존재인 것 같아 행복 충전이다. 그 모습은 마치 떼 지어 피어나는 노란 돌나물꽃의 표정 같기도, 땅바닥에 바짝 달라붙어 샛노란 점을 찍은 듯한 쇠비름꽃의 모습 같기도 하다.

여기저기서 봄 내음 물씬한 글 쪽지가 전해져오고 청첩장도 날아든다. 푸릇한 밭둑에 피어난 이름 모를 들꽃의 사진도 핸드폰에 가득하다. 약동하는 생명력은 우리의 마음을 크게 움직이는 하나의 에너지다. 새순의 싹틈과 만발한 꽃의 탄생은 그저 대단하고 숭고하여 감탄할 뿐이다.

꽃은 어떤 의도로 세상에 왔을까. 갑자기 궁금해진다. 우연히 생겨난 존재일까. 아니면 의도적으로 창조된 존재일까. 꽃을 보아서 즐겁고 행복한지, 행복한 마음이 들어 꽃이 아름답게 보이는지는 모를 일이다. 꽃이 인간을 위해 준비한 신의 선물이라면, 사월은 얼어붙은 땅에서 자연의 생명력을 길어 올리는 소임을 충실히 완수하고 있다. 신의 부름을 받고 인간을 위해 다시 돌아온 꽃. 무심한 아름다움으로 우리를 더없이 기쁘게 하고 세상을 아름답게 바꾸고 있다.

그러나 봄이 왔건만 세상인심은 동면에 들어 깨어나지 못한 듯하다. 말은 점점 더 거칠어지고 날을 세운다. 인심은 야박하고 잇속만 밝아지고 있다. 분노와 폭력이 일상화되었다. 모두가 여차하면 편을 나누어 싸울 태세다. 인정사정없이 뭇매를 때리고 포격한다. 세상을 성실한 에너지로 가득 채우기는커녕, 소모적 경쟁의 찌꺼기로 오염시키고 있다. 전쟁터가 따로 없다. 양보와 화해의 화합은 좀처럼 보이지 않는다.

법정스님의 법문이 생각난다. 매화가 아름다운 때는 반쯤 피었을 때이고, 벚꽃이 아름다운 때는 여한 없이 활짝 핀 때라고 하셨다. 복사꽃은 멀리서 볼 때 환상적이고 배꽃은 가까이에서 볼 때 맑음과 뚜렷한 윤곽을 볼 수 있다고도 하셨다. 그리고 새로 돋고 핀 꽃잎과 꽃이 전하는 '거룩한 침묵'을 통해서 들으라고도 하셨다. '거룩한 침묵'의 의미는 무엇일까. 우리 자신도 개화한 한 송이 꽃과 같은 하나의 고귀한 생명체라는 전언은 아닐까. 아니면 마음속 깊은 곳에는 모두가 평온이나 기쁨, 조화 같은 미덕을 갖춘 존재라는 뜻일지도 모른다.

먼저 꽃 피우기는 어렵다. 그러나 일찍 핀 한 송이의 꽃은 또 다른 꽃의 개화를 연속적으로 부른다. 이 봄날, 꽃 청산을 보면서 경이와 존엄을 회복해 내가 먼저 꽃 피워 보는 것은 어떨까. 그래서 나로 인해 다른 사람이 쉽게 꽃을 피우도록 손짓해보자. 손짓은 또 다른 손짓을 부를 것이고, 우리는 사월의 꽃처럼 한 덩어리가 될 것이다. 그러면 더 많은 사람이 이 봄, 꽃이 되려는 바람으로 춘심에 이르고 싶어질 것이다.

타인의 눈빛

　때로는 느낌으로 더 극명할 때가 있다. 발그레한 표정이나 고통과 체념, 슬픔 같은 눈빛이다. 예술가들의 창작 모티브가 되기도 하고 굵직한 결정을 내려야 하는 기업의 책임자에게도 영향을 주는 비언어적인 느낌. 나는 그 무한대의 느낌 중에서도 누군가의 눈빛에 자주 설렌다.

　며칠 아팠다 일어났다는 민자씨의 얼굴이 창백하다. 그새 땅을 잊은 듯, 신은 검정 운동화에 빛이 바랬다. 올올이 엮어 다독였던 끈 하나가 풀려나간 눈빛이다. 나를 버린 파도를 그리워하며 구멍 뚫린 뻘 같은 눈빛이다. 그녀를 햇볕에 갈라진 뻘처럼 버려둔 채 멀리 가버린 파도는 다름 아닌 자식이었다. 가버린 파도는 약속이나 하듯, 설에 찾아주지 않아 상념이 깊었던 모양이다. 멀어질수록 그리워지는 게 혈육의

정인 것을. 온통 설레며 기다림으로 기울었을 민자씨였다. 야속한 물결무늬만 새겨진 그 마음이 느껴져 애연哀然하다.

그런 민자씨 곁에 수족 같은 석이네가 있다. 환자와 간병인 사이인 이들의 오랜 동행은 민자씨가 뇌경색으로 쓰러지면서부터다. 그 후 민자씨의 불편한 일상을 석이네가 대신하면서 일심동체가 되어 움직이고 있다. 오늘은 팔순의 민자씨와 이순의 석이네가 다정하게 목욕탕 나들이를 하는 날이다. 뽀얀 김 서림을 헤집고 탕으로 들어서는 그녀들의 얼굴이 살짝 상기된 분홍빛이다.

탕 안의 민자씨가 '시원하다'는 눈빛을 지그시 보내면, 곧이어 석이네가 안도하는 촉촉한 눈빛을 보낸다. 행여 넘어질세라 석이네의 눈은 민자씨를 향한 일방향이다. 그녀들 곁에는 달그락거리는 세숫대야 소리와 물소리뿐이다. 그녀들만의 주고받는 잔잔한 눈빛 언어 때문이다. 서로 눈빛만으로 느낌을 공유하며 불편해하지 않는 특별한 동행. 그때 그녀들의 눈빛 온도는 최적이다.

민자씨의 발그레진 볼에 석이네가 자분자분 화장품을 발라준다. 그러면 민자씨는 보답이라도 하듯, 바나나와 딸기 우유 두 병을 내밀어 선택권을 준다. 그리곤 그녀들만의 소중한 의식 같은 휴식을 갖는다. 나란히 누워 세상 편한 자세로 목욕탕 나들이의 대미大尾를 장식한다. 사람이 사람에게 보내는 눈빛의 위안과 소통. 돌봄을 받는 이와 주는 이의 무한 신뢰의 바탕. 그 이면엔 주고받는 그녀들만의 남다른 따뜻함이 있어 저 눈빛이 가능했는지도 모른다.

가져간 파스까지 꼼꼼하게 발라주는 석이네와 언제나 먼저 우유를 고르도록 배려하는 민자씨. 몸을 맡기고 돌봐주는 사이를 넘어 사소해 보이는 것들에서 가치를 발견하는 위대한 관계처럼 여겨진다. 노력하는 과정에서 뿌듯함과 즐거움을 느낄 간병인의 투철한 직업 정신에 단단히 무장된 석이네라도, 우리는 그런 이들의 눈빛에 절로 흐뭇해진다.

자기 자신도 모르는 가슴 깊은 곳에 있는 나를 표출하는 눈빛. 서늘한 눈빛에는 지구의 내부를 들여다보는 것 같은 두려움을, 빛나는 맑고 청아한 눈빛에는 주체할 수 없는 사랑스러움을, 부드럽고 단아한 눈빛에는 무한 신뢰의 마음이 드는 건 인지상정이리라. 또한 너그럽고 온화한 어머니의 눈빛은 어떤가. 그 눈빛은 곁에만 있어도 위로가 되는 세상에 내편인 유일한 눈빛이다. 때론 우리는 사람이 사람에게 보내는 가장 진솔한 그 눈빛 언어에 사랑을 느끼기도, 선량함에 대한 믿음을 가지기도, 고통과 슬픔을 공감하기도 한다.

좀체 회초리를 들지 않는 아버지와 달리 어머니의 회초리는 눈빛이었다. 같지만 다른 가치의 체벌이었다. 그 묵언의 회초리는 때로는 고요하게, 때로는 한 치의 잘못도 용납하지 않겠다는 강렬한 눈빛으로 우리들을 혼냈다. 그러나 그 오금 저리던 눈빛도 언제나 우리들이 감당할 만큼의 강도와 온도였다. 잘못하여 무릎을 꿇고 앉아 훌쩍거리던 그 시간은 아주 길거나 짧게 느껴졌는데, 이유는 생각의 감염에서 오는 느낌의 차이였다. 다리가 저려오고 참회의 눈물도 말라갈 때쯤, 우리들은 어머니의 눈빛에 감염되어 스스로 반성했기 때문이었다. 그리고 마침내 어머니도 눈빛 회초리를 거두고 잘잘못을 가려주었다. 공감의 눈빛이거나 고통의 눈빛이거나 어미로서의 자책의 눈빛을 하고.

나는 눈물 고이던 어머니의 젖은 눈빛을 기억한다. 부족한 마음이 생겨 남의 물건에 손을 댔거나, 지나친 욕심이 화근이 될 때면 어머니는 가차 없이 눈빛회초리를 들었다. 그럴때, 그 눈빛은 주체할 수 없는 슬픈 눈빛이 되어 격하게 흔들리곤 했다. 감정을 자제하느라 속울음을 삼키던 그 경련처럼 떨리던 눈빛. 그 눈빛은 아버지의 회초리 수십 대와 맞먹는 아픔으로 우리들의 가슴에 와닿았다. "꼭 야단을 치고 회초리를 들어야만 체벌이 아니다. 말하지 않아도, 회초리가 없어도 남들의 눈 속에 든 말과 회초리를 무서워할 줄 알아야 한다.”며 바르지 못한 행실에 유독 화를 내시며 체벌의 마무리를 하셨다.

　우리는 나눔의 풍성함이 없는 것이 비극이 아니라, 나눌 마음이 없는 것이 비극인 사회에 살고 있다. 당신은 끝이 보이지 않는 캄캄한 터널 속에서 누군가가 내미는 한 줄기 빛 같은 따뜻한 손, 위로의 눈빛을 받아 본 적 있는가. 또한 건네본 적은 있는가. 그리고 그 눈빛에 눈물 맺혀본 적 있는가. 인생이란 내 그림자를 남에게 부끄러움 없이 내보여주고 남이 드리운 그림자를 인정하는 일인 것을. 우리의 긴 동행에 누군가의 그런 눈빛이 더 많이 필요해 보이는 날이다.

가을 여백에 앉다

가을이 처처에 소리 없이 내리고 있다. 까마득한 계단을 층층 내려서듯 마당을 지나 현관문을 열고 집안 깊숙이 들어와 있다. 하산하는 등산객처럼 곧 단풍도 산맥을 따라 가쁘게 남하할 것이다. 시득시득 말라가는 가을꽃의 향연도 펼쳐지리라. 불꽃 터지듯 화려한 봄의 매화, 진흙탕에서 피어난 여름 연꽃이 지나간 자리에 국화를 필두로 맨드라미, 구절초, 산도라지, 코스모스다. 고개만 돌리면 지천이다. 어디 봄의 화려함에야 비하겠냐만 가을꽃의 농익은 완숙함도 여백으로 남을 아름다운 풍경이다.

소리뿐인 단골손님도 왔다. 여기저기 뛰어다니는 귀뚜라미다. 그 경망스럽기도 잔망스럽기도 한 작은 설침 또한 돌아온 각설이마냥 반갑다. 무슨 안테나 같은 모양으로 한철 나타나 온 힘을 다한다. 이편의 자연을 저세상으로 송신하는 의무에 충실한 모습 같기도 해 내심 짠하기도 하다. 우는 소리 또한 박자는 분명한데 딱히 선율이 고르지 않아서일까, 음악이라 하기에는 뭣하지만 정겹다. 가까운 듯 멀고, 시끄러운 듯 고요해 마치 사람이 혼자임을 일깨우는 듯하다. 소슬바람에 일렁이던 마음이 느긋하게 가라앉는다. 공허하게 뚫린 마음속 구멍에 산소가 채워지는 느낌이다. 쌉쌀한 가을바람에 통통 튀는 듯한 저 소리를 듣지 않고 어찌 가을앓이를 한다고 할 수 있을까.

통금처럼 느껴졌던 지난여름의 찜통더위도 이제 꿈인 양 아득하다. 더웠던 것만큼 몸은 늙었다. 여러 가지 일에 분노했던 것만큼 마음도 상했다. 그러나 앓지도 않고 멀쩡히 가을을 맞았다. 다행이다. 다시 마주한 이 가을엔 그동안 쌓인 부질없는 것들을 버리고 비워, 공간을 훔쳐내야 하는 시간이다. 마치 긴 겨울잠을 자기 위해 누울 공간을 준비하는 곰처럼. 긴 휴지기를 가지고 다시 시작하려는 정리의 시기이기 때문이다.

막히고, 겹치고, 헝클어진 집안 정리를 시작한다. 치워야지 하면서 눈총만 주고 말았던 것들이다. 순간을 모면하기 위해 이리저리 쌓이고 쌓여 어느새 삶의 공간을 잠식해 버린 지 오래다. 대가족이 희로애락을 느낌으로 공유하던 물건들이다. 어느 하나에도 이유와 명분을 지니지 않는 것들이 있었던가. 그러나 자꾸 쌓이다 보니 어느 순간 그것들은 공존이 아니라 대치의 형국으로 신경전의 대상이 되고 말았다.

태산처럼 마음을 짓누르고 부담스럽다는 생각이 들 때쯤, 더 이상 여유가 남아 있지 않다는 걸 깨닫는다. 부질없는 것이 너무 많이 누적되어 허전함조차 느끼지 못하고 타성과 관성에 젖어 살아온 자신의 처지를 조용히 주시한다. 이제는 삶의 흐름을 멈추고 모든 걸 다시 정리할 필요를 느낀다. 어떻게든 정면승부를 하지 않으면 안 되었다.

매 순간 변하고 흘러 우주의 무한 변화에 상응하는 게 인간이 아니던가. 이 모든 것이 당시엔 누군가를 사로잡아 빛나고 아름다웠던 것들이다. 그러나 시간이 지나면 헛웃음 짓게 하는 것들이다. 대부분 성장한 아이들이 남기고 간 것들이지만 켜켜이 쌓아놓은 자신의 것도 만만치 않다.

무겁고 아픈 기억의 물건도 있고, 메아리조차 없는 누군가의 사랑을 기다리며 방황했을 아이들의 추억 어린 것들도 있다. 보물 찾듯 숨겨 놓은 아이들의 것부터 꺼내놓는다. 떨어질까 두려워 꼭 붙어있는 신발장의 주인 없는 신발도 내놓는다. 아끼다 좀 슬은 옷장 속의 옷가지며, 빛바랜 책도 쓰레기 봉투에 담는다. 교만한 마음에 잘난 체하다 불행했던 기억도, 옹졸한 처신에 얼굴 뜨겁게 부끄러웠던 흔적도 같이 담는다. 분노가 있었고 사랑이 있었던 공간이 차츰 비어간다.

묶어 내놓은 봉투가 수북하다. 쌓이는 만큼 비워졌다. 짐짓 태연한 척하면서도 차마 보내기 싫은 저릿한 아쉬움이다. 그러나 버리고 비워야 하리.

마음으로 벼르고 별러도 삶의 관성과 타성에 쉽사리 엄두를 내지 못했던 것들이 사라진 자리에 넉넉한 여백이 자리한다. 마침내 사로잡혔던 힘에서 풀려나 해방되는 느낌이다. 비우는 그 과정에서 내 부질없는 집착과 망상도 돌아본다. 온전히 드넓어진 여백의 공간에 앉아 심신을 드리운다.

2

먼
곳

그들만의 새벽

　어디서 온 누군지는 별로 중요하지 않다. 외모나 학별도 별 도움이 안 된다. 그저 노동 경력이 많을수록, 힘쓸 만한 체격과 특수한 기술 하나 정도 있으면 이 바닥에선 유리하다. 의리와 나눔이라는 명품 기술까지 갖춘 이라면 그들만의 새벽 손님으로는 금상첨화다.

　새벽 4시. 정 소장의 인력사무소에 불이 켜진다. 동짓달 목쉰 서릿바람은 귓속에서 공회전하고, 남쪽 하늘 하현달이 공들여 닦은 접시처럼 깨끗한 시각이다. 엉겨 붙은 몸의 냉기를 털어가면서 사람들이 하나, 둘 들어선다. 안전모와 안전장비, 때 전 목장갑이 널브러져 있는 열대여섯 평의 실내. 작은 석유난로 하나가 감당할 수 없는 냉기와 맞서고 있다.

푸석거리는 눈인사를 서로 나눈 뒤, 들어온 순서대로 자리를 잡고 앉는다. 그들만의 질서다.

정 소장의 예리한 눈이 들어앉는 인부들을 살핀다. 먹이 찾는 말미잘의 촉수로 다년간 이 바닥에서 이골이 난 그의 코 역시 동시에 작동한다. 전날의 취기가 아직 남아 있는지, 온전치 못한 몸으로 무리하게 일을 찾아왔는지, 그들의 가려진 몸의 상처 하나까지도 꿰뚫어 본다. 정 소장의 코가 술과 파스 냄새를 쫓는 동안, 실내는 찾아온 이들로 꽉 찬다. 이렇듯 정 소장의 사무소를 찾는 이들이 많은 것은 근처 동종의 사무소 중 수수료가 가장 저렴하기 때문이다.

멀쩡하던 하늘에서 눈발이 날리고 있다. 연신 창밖을 살피는 정 소장의 얼굴이 굳어진다. 이윽고 정 소장이 울리지 않는 전화기를 들자, 맥없이 풀려있던 그들의 눈동자가 일순 긴장감으로 반짝인다. 눈발은 더욱 굵어지고 바람의 기세는 드세다. '들었다 놨다'를 반복하는 정 소장의 전화는 과연 오늘 몇 사람의 일거리를 얻어낼지. 인력사무소의 일자리가 불황의 칼바람에 떨고 있다.

난로의 석유가 바닥을 보이며 화력도 시들해질 무렵 두 건에 일곱 명이 투입되는 일거리를 찾아낸 정 소장이 호명을 시작한다. 그들의 하루가 생과 사의 사선에 놓인다. 사무소리더 격인 황씨를 선두로 실내 철거작업에 나서는 다섯 명의 인부들이 봉고에 오르는가 싶더니, 황씨가 축 처진 어깨로 잔뜩 웅크리고 앉아있는 박씨를 불러 태운다.

하루 벌어 다섯 식구의 목에 풀칠해야 하는 왜소한 그의 몸에선 오늘도 파스 냄새가 진동한다. 이런 날 황씨는 여러 가지 조건으로 밀려나 일거리를 얻지 못한 누군가를 데리고 나가 자신의 하루 임금의 절반을 나눠주곤 했다.

오늘도 어김없이 자전거로 한 시간을 달려온 허씨도 일거리를 얻는데 성공했다. 타고난 성실함 하나가 그의 무기다. 이 바닥에선 고령자임에도 다부진 몸매에 잘 관리된 체력으로 아직 벽돌을 지고 계단을 오르내린다. 윤씨와 한 조가 되어 나서는 그는 벌써 며칠째 약을 먹지 못해 병색이 완연한 최씨의 얼굴과 마주친다. 시동 걸린 봉고에 오르던 허씨가 갑자기 허리통증을 호소한 것은 그때였다. 뜻밖의 상황에 놀라 달려온 정 소장에게 최씨가 자기 대신 차에 오를 것을 권한다. 할 수 없이 최씨를 태운 봉고가 출발하고 허씨는 언제 그랬냐 싶게 자전거를 타고 흩날리는 눈 속으로 사라져 갔다.

삶이 팍팍하다. 우리 앞에 놓인 이 늪 같은 상황에 가진 이도, 가지지 못한 이도 캄캄한 터널 같은 겨울을 지나고 있다.

가지지 못한 이들의 겨울은 더 혹독하다. 그래서 마음이 쓰인다. 안쓰러움이 없는 세상이 어디 있으랴. 비록 세상이 우리의 기대를 내일 내려놓게 할지라도 그 기대를 접고 멈추어서는 안 된다. 터널 끝에 있는 한 줄기 빛을 향해, 동행하는 이들의 나누고 배려하는 따뜻한 손을 잡고 나아가야만 한다. 그들만의 새벽이 따뜻한 이유다.

저무는 강

시월의 강에 해가 저문다. 바다로 몸을 섞으러 가는 길목, 머문 듯 유유한 강 위로 노을이 내린다. 섬안의 따뜻한 입김 어린 마을 창문에 불 켜지기 전. 푸른 이내와 방장산 넘어가는 붉은 수수의 새알심 같은 노을을 품었다. 인내산 동쪽에서 발원한 물줄기의 장대한 흐름은 영일만을 앞에 두고 잠시 머뭇거린다. 언제부터였을까. 받아들이고 아우르기만 하는 저 유장한 흐름의 묵념은. 아마도 철 이른 낙엽 하나 슬며시 강 위로 내려앉을 때부터였으리라.

스스로 잃어버리고 가난해지는 계절이다. 봄부터 섬안 뜰을 돌보느라 분주하던 형산강이 수척해졌다. 가만히 귀 기울여보면 소리마저 한 뼘 더 깊어졌다. 휘고 감았던 한여름

불꽃 같은 사랑이 사그라진 뒤의 저 처연함은, 아홉 자식에게 다 내주고 짜부라진 내 어머니의 젖가슴이다. 이제는 조용히 등을 뉘일 시간인가. 한 줄기 갈대에 스며들던 바람 한 점, 갈색으로 옮겨가는 초록의 추억을 품고 조용히 근원으로 돌아가려는 강. 앞서거니 뒤서거니 밀고 밀리며 서로 등을 다독이며 영일만을 향하고 있다.

서두름이 없다. 깊어질수록 고요할 뿐이다. 그리고 끊임없이 경쟁하는 오늘의 우리에게 흐름이라는 묵언으로 일러준다. 앞선 자나 뒤처진 자나 모두 같은 강물 속에 있다고. 매일 수없이 상처받고, 홀로 자신의 상처를 꿰매는 나에게도 일러준다. 인간의 한 생도 이렇게 더불어 가는 것이라고.

애초에 인류문명은 물의 편익이 만들어 낸 역사의 산물이었다. 물의 다스림이 통치의 근간을 이루기도 했다. 또한 근대 산업화에 물은 자원화와 상품화의 흐름을 깔았다. 형산강 또한 과거를 소중히 품어 현재를 아우르고 미래로 흐르는 강이다. 찬란한 신라의 무한한 기운氣運을 이어받아 용광로의 불씨를 살려 부흥을 꿈꾸는 숨 쉬는 강이다. 그래서 그 흐름은 장대하고 뭇 생명엔 한없이 유하다.

형산강이 영일만을 향해 가는 긴 여정에 함께한 곳들은 기름지고 넉넉했다. 도도한 흐름으로 끝없이 넓고 기름진 충적 평야를 펼쳐가며 가꾸었다. 쉬지 않으면 마침내 이루리라는 끈기로 주변 도시의 눈부신 부흥에도 낮은 자세로 기여했다. 어느 대갓집 종부의 후덕한 삶이 이러했을까. 오늘날의 이 풍요는 아낌없이 내어준 저 강이 있어 가능했으리라.

형산강은 흉년에도 생의 끈을 바투 잡아주던 강이었다. 더추운 겨울로 가는 철새의 마른 울음에 귀 기울이고, 두레상에 마주 앉아 죽 한 그릇 비우는 소작농들의 숟가락 소리도 끌어안았다. 강 위에서 이지러지거나 차는 달의 변화와 시시각각 빛깔과 형태를 바꾸어가는 구름을 본 적 있는가. 순리에 순응하는 가장 자연적인 것도 바로 저 강이다. 속으로만 삭이는 깊음은 숭고한 사랑이고, 변치 않는 흐름의 인내는 믿음이다.

외아들로 귀하게 자란 아버지는 농사가 서툴렀다. 땅에 쏟아부어야 할 땀의 양도 몰랐다. 어찌 농사의 소중함을 알았겠는가. 그런 아버지 곁에 일생 흙에 묻혀 땀으로 살아온 어머니가 있었다. 바지런하고 손끝이 맵기로 소문난 어머니였다. 근동의 많은 사람들이 씨 뿌리는 계절이면 우리 집 사립문을 들락거렸다. 어머니의 손끝에서 떨어진 씨앗들이 섬안뜰에 안착하면, 형산강이 품어 키를 키우고 살을 붙여 열매를 맺었다. 그런 어머니를 믿고 지주들은 논과 밭을 경쟁하듯 내밀었다. 그러나 어느 지주가 소작농에게 기름진 문전 옥답을 내어주었겠는가. 손길이 절실한 척박한 외진 땅이거나 자갈밭이 대부분이었다. 그렇지만 그런 땅에도 어머니는 땀과 물을 쏟아부어 알찬 결실로 그들에게 보답했다.

농번기가 다가오면, 섬안 뜰 농부들은 기지개를 켰다. 겨우내 묵혔던 도랑을 서둘러 정리하고 보수했다. 녹슨 농기구들을 꺼내 갈고 벼리며 풍년을 기원했다. 그리고 형산강 수문이 열리기를 기다렸다. 마침내 섬안 뜰에 부는 바람의 체감이 달라지면, 해산한 산모의 젖줄기 같은 물이 도랑을 타고 뜰로 내달렸다. 이때를 놓칠세라 농부들은 굳었던 근육을 풀고, 허리띠를 옥죄며 논둑을 쳐 물을 가두었다. 한 해 농사의 절반은 이미 시작된 셈이었다.

마침내 내 땅에 농사를 짓던 날, 어머니는 말했다. 농사의 절반은 물이 해준다고. 거기에 부지런함을 보태면 누구나 풍년을 기약할 수 있다고. 그랬다. 강은 늘 그곳에서 물을 품고 숨 탄 것들의 심장을 뛰게 했다. 어쩌면 일생 흙에 묻혀 살았던 어머니에게 저 강은 기댈 언덕이었고, 반드시 이루리라는 억척같은 삶의 원동력이었는지도 모른다.

강가를 서성인다. 저기, 다닥다닥 주근깨 찍어 붙인 계집아이가 보인다. 연신 살 오른 재치조개를 건져 올려 주머니를 부풀린다. 모래 속으로 숨어들며 숨바꼭질하자는 조개. 야윈 아이들의 다리를 간질이는 꼬시래기 떼. 여린 갈대에 잡은 숭어 아가리를 꿰는 아버지도 보인다. 땀에 젖은 모시 적삼 벗어놓고 앙상한 등에 물을 끼얹던 어머니도 저기 어디쯤이었으리라.

이제 모든 걸 받아들여 아우른 뒤, 서서히 노을에 침전되어 가는 강. 비판적이고 부정적인 분노로 가득할 때마다 너그럽고 관대한 흐름을 내게 보여주었던 강. 궁극의 승리자는 섞이면서 함께 흐르는 자라고. 가을빛 층층이 내려앉는 강가에 철새들의 둥지 비우는 소리 요란하다.

* 인내산 : 천년고도 경주 서북쪽 서면 도리마을에 위치한 산.
* 방장산 : 포항시청 뒷산.

그 골목의 현악 4중주

중화요리 집 태백관의 소리는 4중주다. 인연이라는 질긴 현으로 구성된 현악 4중주다. 탕탕, 똑딱똑딱, 달그락달그락, 부릉부릉, 지천명을 넘긴 태백관의 4인이 만들어 내는 소리는 조화롭게 잘 버무려진 삶의 화음이다. 소리란 듣는 이의 몫이다. 어떤 사람에겐 한낱 음식점의 잡동사니 소음이, 또 다른 누군가에겐 삶의 아름다운 하모니처럼 들리기도 하는 것이다. 언제부터인가 나는 길 건너 태백관의 소리로 하루를 시작하게 되었다.

그날, 호박을 싣고 태백관에 온 트럭과 이삿짐을 싣고 온 우리 트럭 간에 작은 실랑이가 있었다. 좁은 도심의 뒷골목에서 벌어진 영역 다툼이었다. 그 와중에도 트럭에 실린 커다란 늙은 호박에 자꾸 눈이 갔다. 이곳으로의 이사를 결정하기까지는 남편과 이견도 컸었다. 온통 상가로만 이어진 골목에 정붙일 이웃이 없을 거라는 생각이 들어서였다. 탐탁지 않은 이사에 작은 분란까지 겪은 터라 심란해 있던 차에 손님이 왔다. 상체보다 하체가 짧은 남자와 미처 앞치마를 벗지 못한 듯, 성급하게 달려온 여자의 손에 눈길 가던 그 호박이 들려 있었다. 남의 물건을 내락 없이 욕심내다 들켜버린 부끄러운 마음으로 그렇게 태백관의 사람들과 이웃이 되었다.

좁은 골목들이 미로처럼 이어진 이곳 도회지의 상가지역. 태백관은 중화요리 맛집으로 꽤 이름이 알려진 곳이다. 근처에 동종의 음식점이 몇 군데 더 있지만 손님들이 줄을 서 기다리는 곳이다. 형님 아우로 부르며 사이좋게 지내는 태백관의 사람들은 혈육으로 맺어진 사이는 아니다. 어릴 때부터 고아원에서 함께 자라 지금껏 형제의 연으로 살아가는 이들이다.

태백관의 주인이자 주방장인 양씨와 일심동체가 되어 움직이는 동갑내기 아내 윤씨. 그녀의 도마질 소리는 오랜 연륜이 묻어있는 바이올린의 고음대다. 손님을 맞이하고 주문을 받아 주방과 홀을 바쁘게 오가는 오씨. 그의 톤은 높지도 낮지도 않은 비올라의 중음이고, 오토바이로 배달을 오가는 장씨의 활기차고 싱싱한 소리는 깊이 있는 첼로의 저음이다. 그들은 모두가 역할을 동등하게 분담해서 제소리를 낸다. 처음부터 빠른 선율로 다잡아 이끌기도, 가쁜 숨을 내뱉고 잠시 숨 고르기도 하는 태백관의 하루. 이들의 4중주가 만들어 내는 리듬과 선율, 화음이 완전한 화성과 음색의 하모니를 이루면 그날 태백관의 영업은 성공이다.

삶이 조금 나태해진다고 느낄 때 현악 4중주를 즐겨 듣는다. 온몸을 휘감는 부드러운 음향과 중간중간 격렬해지는 짜릿함, 연주가 끝난 후 남는 여운과 잔상은 웅장함을 자랑하는 교향악과는 전혀 다른 느낌으로 다가오기 때문이다. 잔잔한 선율의 풍부한 리듬감도 좋다. 그러나 현악기만으로 구성된 현악 4중주는 아주 조심스럽고 예민해 누구의 도움 없이 스스로 균형을 이뤄야 하는 어려움도 있다. 서로 주고받는 연주에서 누구라도 큰 소리를 내면 조화가 모두 깨져버리기 때문에, 자기 몫의 소리에 충실하면서도 상대를 배려하는 것도 잊지 않아야 한다.

그저 생계를 위한 그들만의 삶의 연주회에는 화려한 무대도 커튼콜을 외치는 청중도 없다. 마흔 평 남짓한 태백관이 무대다. 청중이라면 이웃과 손님이 전부다. 불편한 몸으로 거친 삶의 현장을 떠돌며 믿고 의지할 서로가 필요해 시작한 한 지붕 생활이었다. 그러나 그들의 연주가 처음부터 완벽했던 것은 아니었다. 오랜 시간 각자 다른 환경에서 생활했던 터라 불협화음으로 만났다 헤어지기도 여러 번이었다. 그때마다 화합만이 살길이라는 걸 깨달았기에 서로 많은 노력을 했고 오늘의 성공을 이루었는지도 모른다. 나는 오늘도 창문을 통해 그들이 만들어 내는 삶의 연주에 귀 기울인다.

'탕탕' 본격적인 태백관의 영업을 알리는 소리가 들린다. 제1바이올린 연주자인 양씨가 면을 뽑기 위해 반죽을 내리친다. 열다섯 살에 중화요리 집 주방에 입문해 잔뼈가 굵은 그다. 왜소한 키에도 무한 에너지로 넘친다. '똑딱똑딱' 재료를 썰어 주방으로 나르는 윤씨의 동작도 속도를 내고 있다. 태백관에서 유일하게 온전한 육신을 가졌다. 재빨리 음식을 만들어야 하는 중화요리 특성상 그녀의 동작 하나하나가 세심하고 빈틈이 없다. 포장마차 수십 년의 경력으로 리더를 보좌하는 제2인자의 솜씨답다.

'달그락달그락' 홀을 담당하는 오씨는 장씨 다음으로 나이가 많다. 예의 바르고 인사성이 밝은 그가 홀을 책임지기엔 적임자다. 건설 현장으로 부초처럼 떠돌다 다친 다리를 끌고 가장 늦게 태백관에 합류했다. 한쪽 다리를 절뚝거리며 사람들 사이를 재바르게 움직인다. '부릉부릉' 오토바이에 철가방을 싣고 곡예하듯 배달 다니는 장씨. 지천명의 나이에도 멋으로 중무장한 상남자다. 훤칠한 키와 번뜻한 외모에 선글라스와 모자로 멋 내기에 소홀함이 없다. 양씨가 이곳으로 올 때 공장 용접공으로 일하다 한쪽 눈을 잃고 방황하던 그도 따라왔다.

이 골목은 번듯한 대로변에 나앉지 못하고 생의 뒤안길만 전전하는 사람들이 서로의 체온을 나누며 살아가는 곳이다. 태백관이며 분식집이며 실내포장마차 등이 소극장 무대처럼 펼쳐져 있는 이곳에서 어언 삼십여 년을 살았다. 그동안 부초처럼 떠돌며 이 골목을 스쳐 간 사람들이 부지기수였다. 그들은 지금쯤 어디에서 무얼 하는지. 물풀이 뿌리를 내리듯 가끔씩 태백관처럼 오래 정착을 하는 사람들도 있었다. 그런 이들로 인해 이 삭막하고 그늘진 골목에도 삶의 생기가 넘치는 것이다.

저 집, 오늘도 하이든의 종달새를 연주하고 있다. 제1바이올린의 굽이치는 선율이 경쾌하다. 뒤를 이어 나긋하면서도 고요한 제2바이올린 소리가 들린다. 잠시 후엔 비올라와 첼로가 아름다운 화음을 이룰 것이다. 그 모두를 아우른 아침 골목이 기지개를 켜며 상쾌한 하루를 연다.

먼
곳

해바라기의 계절이다. 이글거리는 팔월의 땡볕을 이고 한결같이 해를 향한 일자—字 방향이다. 얼굴마저 해를 닮아버린 해바라기의 지고지순한 황금색에 눈이 부신다. 무모하지 않으면 생명이 아니요, 뜨겁지 않으면 그리움이 아니라는 듯, 일생 기다림이 되어버린 높은 영혼의 꽃이다. 해바라기는 밤에도 해를 보려 꿈을 꾼다. 곁에 없는 님[해]을 보기 위해서는 꿈길밖에 없다. 그런데 근심은 깊고 꿈은 짧아 그만 님을 보지 못한다. 바라는 마음은 간절한데 해바라기의 님은 너무 멀리 있기 때문이다. 오늘 우리가 처한 현실과 이상의 거리만큼이나 먼 해바라기의 사랑법이다.

그리고 보니 그리운 것들은 다 멀리 있는 것 같다. 희망의 바람이든, 이루어야 할 꿈이든 그것들은 쉬이 닿을 수 없어 더 멀게만 느껴진다. 내가 가보고 상상할 수 있었던 가장 먼 곳은 어디였을까. 길이와 공감의 개념을 초월해 실제로 내가 가본 가장 먼 곳과 상상의 그곳은 그날 밤의 모래섬과 은하수가 아니었을까.

열두 살의 어느 여름날. 멱을 감기 위해 한달음에 강으로 내달렸다. 한차례 소나기가 쓸고 간 강 위로 거센 물살만 널름대고 있었다. 마음껏 '첨벙' 뛰어들지 못한 아이들이 강둑에 앉아 속을 태우고 있었다. 그때였다. 어디선가 속닥거리는 소리가 들렸다. 강 건너 갈대숲 속에 보물이 있다는 것이었다. 누군가로부터 시작된 비밀스러운 말은 순식간에 무료한 아이들의 가슴을 뒤흔들어 놓았다. 시무룩하던 아이들의 눈동자가 동시에 빛났다. 호기심 충만한 사내아이들의 재빠른 눈빛 교환이 오갔다. 확인을 위한 용기가 필요했다. 용기는 의기투합으로 이어지고 곧바로 실행에 옮겨졌다.

무성한 갈대숲에 가려져 한 번도 그 모습을 드러내지 않았던 작은 모래섬. 손에 잡힐 듯한 거리지만 헤엄이 미숙한 열두 살의 계집아이가 가기에는 먼 곳이었다. 그러나 보물을 보겠다는 일념 하나로 이웃 오빠의 어깨에 매달려 망설임 없이 따라나섰다.

어렵사리 도착한 그곳에는 보물 같은 건 없었다. 갈대에 영그는 햇살 내림과 은빛 모래 위로 쏟아지는 찬란한 햇빛, 지천에 널려 발가락을 간질이는 재치조개와 갈대숲의 밀어만 있었다. 여기가 아담과 이브의 낙원이라며 속삭이는 듯도 했다. 잔물결의 내밀한 밀담조차 떨리고 설렜다. 왠지 울림이 있는 곳. 그랬다. 누군가가 말했던 보물은 바로 그런 것들이었다.

그 강렬한 속삭임의 환청과 환시에 갇혀 얼마의 시간이 지났을까. 해 지기 전 돌아가자는 약속을 그만 까맣게 잊어버렸다. 수족관을 뛰쳐나온 한 마리 물고기의 이탈이 오래가지 못하듯 깜짝 놀라 돌아보았을 땐 아무도 없었다. 넘실대며 조용히 모래섬을 조여 오는 어둑해진 강물뿐이었다. 혼자라는 두려움이 엄습해왔다. 설렘과 떨림으로 벅찼던 가슴이 콩알만 해졌다. 혼자만 남겨두고 야속하게 먼저 가버린 아이들을 원망했다. 겁 없이 따라나선 자신의 무모했던 결정을 후회했지만 이미 늦은 뒤였다. 목이 터져라 외치며 누군가를 애타게 불러보았지만 되돌아오는 건 찰랑거리는 잔물결 소리뿐이었다.

울다 지쳐 잠깐 잠이 들었다. 눈을 떠보니 창백하리만치 파란 수천억 개의 별빛이 하늘에서 우박처럼 쏟아져 내리고 있었다. 은하수였다. 별들의 광채가 뿜어내는 그 황홀함에 그만 넋이 나갔다. 순간, 부드럽고 따뜻한 기운이 내 몸을 와락 껴안아 주며 안도시키는 것 같은 느낌마저 들었다. 공포의 근심도 잊었다. 누군가를 깊이 안아준다는 것은, 그의 존재를 있는 그대로의 모습으로 온전히 받아들인다는 뜻이 아니던가. 저 많은 별빛이 함께 걱정하고 있다는 상상의 나래를 펴며 안도했다. 그러자 나도 모르게 마음이 평온해지면서 또 다른 어떤 모습의 용기가 생겨났다.

벌떡 일어나 강물로 뛰어들었다. 아무도 없는 곳에서 돌아갈 수 없어 더 멀게만 느껴지던 강 건넛집. 오롯이 혼자 감내해야만 했던 두려움에 맞서 그곳을 향해 천천히 헤엄치기 시작했다. 밝은 별빛이 앞을 비춰주고 있었다. 그 빛은 마치 보이지 않는 어떤 굳건한 손을 내밀어 잡아 이끌어주는 듯했다. 찰랑거리는 강물 위로 쏟아지는 아름다운 별빛조차 건너편을 향해 조금씩 전진하는 나를 응원해 주는 것도 같았다.

지척에 집을 두고도 갈 수 없다고 절망했던 그 밤. 거인의 어깨가 아니면 돌아갈 수 없어 보였던 그곳이 지금껏 내가 가본 가장 먼 곳이 아니었을까. 오직 별빛만 곁에 있어 어떤 용기의 원천이 되어 주었던 그 밤의 은하수 또한 내가 상상할 수 있었던 가장 먼 곳은 아니었을까.

모든 것이 멀게만 느껴진다. 함께 잘 사는 복지국가로 가는 길도 멀어 보이고, 모두가 행복한 사회를 만들어 가는 여러 가지 타협의 길도 순탄해 보이지 않는다. 개개인이 지향하는 꿈을 향해 가는 그 길 또한 더딜 수도 있다. 사람들이 걱정하고 불안해하는 일 가운데 4퍼센트만이 우리가 바꿀 수 있는 걱정이라고 한다. 그렇다 해도 포기할 수만은 없다. 어떤 두려움 앞에서도 포기하지 않고 안식과 위로를 얻을 수 있는 평온함의 근원은 바로 긍정의 힘이기 때문이다.

해바라기의 넋처럼 까마득히 느껴져도 도망치거나, 두려워 말고 희망이라는 먼 곳을 상상하며 한 발씩 전진해 볼 일이다. 지금 바로 그곳으로 향해 가는 길은 여기서부터다.

물메기탕

몸에 과부하過負荷가 걸렸다. 질척거리는 거리를 며칠 헤매고 다닌 게 화근이었다. 남은 에너지를 잘 체크하고 아꼈어야 했었다. 아둔하게 밑바닥까지 긁어 쓰고는 드러눕고 말았다. 후회했을 땐 이미 늦은 뒤다.

몸살의 기세는 드세다. 막 건져 올린 용광로 무쇠처럼 불덩이다. 잘근잘근 뼈마디가 쑤시더니 마침내 바스라질 듯 녹아내리는 통증에 신음이다. 천근 같은 눈꺼풀은 자동으로 닫히고, 천 길 낭떠러지에 떨어진 혼미한 상태로 헤매기 시작했다. 약봉지와 얼음주머니를 안고 헤맨 지 며칠이나 지났을까. 희뿌옇게 어른거리는 빛을 보았다는 생각이 들 때쯤, 심한 갈증을 느꼈다. 살았구나. 십 리만큼 들어간 퀭한 눈을 하고 간신히 일어나 앉는다.

남편은 기다렸다는 듯 주섬주섬 옷을 껴입힌 뒤 일으켜 세운다. 말없이 앞장서 가는 곳은 길 건너 물메기탕집. 저만치 걸어가는 남편의 어깨너머로 제비 새끼 같은 어린것들이 매달린 아버지의 어깨가 겹쳐 보인다.

가을걷이가 끝나자 햇살은 나날이 손가락 마디만큼 짧아졌다. 일곱 식구의 배를 책임지던 손바닥만 한 땅도 긴 휴식에 들었다. 풍년이 들었다 해도 작은 고방 하나 채울 여유가 없던 시절이었다. 내년 봄은 더디게 올 것이고 견뎌내야 할 긴 겨울 걱정에 깊어가는 건 가장의 시름뿐이었다.

어머니는 겨우내 아궁이에 들일 땔감 준비를 했고, 아버지는 세워두었던 녹슨 자전거에 기름칠을 했다. 언제부터였는지, 겨울 한 철 아버지의 일터가 된 시내 작은 복덕방을 오가기 위해서였다.

농번기엔 전답을 사거나 팔려는 사람은 거의 없었다. 그러나 가을걷이가 끝난 빈 전답은 곧잘 매매가 이루어지기도 했다. 부탁이 있거나 찾는 사람을 만나려 아버진 누구보다 바쁜 겨울 한 철을 보냈다. 부지런한 아버지에게 농한기인 긴 겨울도 소득이 생길 좋은 기회니 놓칠 리 없었다.

반 동강 난 짧은 해가 지고, 굴뚝에 연기가 오르는 시간에도 아버지는 돌아오지 않았다. 사립문 밖으로 넘나들던 어머니의 목이 늘어지던 그 시간은 무척 길고 지루했다.

"너그 아부지 한잔하고 오시는 갑따. 먼저 묵고 자거라."

어머니가 내미는 밥상에 짧은 하루를 반찬 삼아 허겁지겁 밥그릇을 비울 때쯤, 아버지의 자전거 소리가 들려왔다. 거나하게 술에 취해 흥얼거리는 소리, 개 짖는 소리, 아버지가 틀림없었다. 그러나 그 모든 소리가 싫지 않았던 것은 왜였을까. 오늘 아버진 한 건의 일을 성사시키고 얼마의 복비를 받아 한잔했다는 증거였기 때문이었다. 기분이 좋았을 아버지를 맞으려 우리는 쪼르륵 내복 바람에 사립문으로 출동했다.

그때, 아버지의 자전거에 아가리를 묶인 채 매달려 왔던 물메기. 어디서부터 따라왔는지 끈질기게 물메기를 쫓아온 개들. 우리 집 사립문엔 돌아갈 길을 찾지 못해 우왕좌왕하는 개들로 한바탕 소란이 일었다. 분명 시장에서는 싱싱했을 물메기였을 터였다. 시오리 자갈길에 끌려오면서 몰골은 엉망이 되고 말았다. 껍질은 벗겨지고, 군데군데 개 이빨 자국이 박힌 채였다.

오늘 아버지는 모처럼 만진 돈으로 묵혀두었던 과부댁 식당 외상값도 갚아야 했을 거고, 어쩌다 만난 반가운 이들에겐 막걸리도 한잔 샀을 터였다. 그러나 무엇보다 쫓아오는 개들에게서 물메기를 사수하느라 무척 바쁘고 고단했을 것이다.

이튿날 아침, 아랫목의 우리들은 뭉근하게 끓는 물메기의 냄새를 맡으며 눈을 떴다. 그새 어머니는 싹이 난 고방의 무를 쓱쓱 삐져 넣고 쌀뜨물을 부어 끓이는 중이었다. 시루에서 잘 자란 콩나물까지 듬뿍 들어갔으니 물메기의 깊은 듯 시원한 맛은 진정 쇠고깃국이 부럽지 않았다.

가마솥 뚜껑이 열리면 어머니는 연로한 어른이 있는 이웃집으로 그릇그릇 담아 보냈다. 김이 펄펄 나는 물메기탕을 보자기로 덮고 오빠들은 바쁘게 대문을 들락거렸다. 나눠 먹을 것이 부족했던 시절이었다. 그저 값싼 한 그릇의 물메기탕도 나눠 먹는 인심만은 넉넉했다. 남아있는 불씨로 가마솥은 종일 따뜻했고, 우리들은 며칠 물메기탕으로 부른 배를 밀고 다녔다.

세월이 한참 흐른 뒤 알았다. 그 시절의 물메기는 생선으로 취급받지도 못했다는 사실을. 그저 술 먹은 다음 날 해장국 정도로 찾았다는 물메기. 가난했던 아버지에게 어린것들의 배를 맘껏 채워줄 것은 값싸고 흔했던 바로 그 물메기였다는 것을.

외아들로 자란 아버지에게 오 남매는 곧 당신의 목숨 같은 존재였다. 큰오빠 위로 여러 자식을 잃은 뒤 어렵게 오빠를 붙잡았다고 했다. 잦은 병치레로 아버지의 애간장을 어지간히도 태웠던 큰오빠, 그 후 내리 아들 둘, 딸 둘을 얻고 보니 아버지는 세상 부자인 듯 사셨다. 한평생 자식으로 인해 마음만은 부자였던 아버지, 그러나 가난했던 아버지, 세찬 겨울바람 속 시오리 길을 오가며 동상에 걸려 밤이면 콩 주머니에 발을 넣고 주무셨던 아버지였다. 그 길은 가진 것이 없었던 가장의 고달픈 고행의 길이 아니었을까.

조금은 비릿하면서 그저 국물 맛이 시원해 목 넘김이 좋았던 물메기탕. 내 기억의 식탁 위에서 내려놓지 못하는 소중한 맛이다. 어쩌면 그때, 그 물메기탕은 더 이상 놓치지 않으려는 아버지의 단호하고도 강인한 자식 향한 에너지였는지도. 지금도 별 영양가 없는 한 그릇의 물메기탕을 먹고 힘을 얻는 것은 오직 자식 향했던 아버지의 그 마음을 느끼기 때문이다.

남편은 자신의 탕 그릇까지 슬쩍 내 앞으로 밀어 놓는다. 먹고 또 먹는다. 그때, 그 아버지의 마음도 함께.

못 갖춘마디

　그분이 오셨다. 섣달 열여드레 시린 달빛 받으며 오신 모양이다. 서걱대던 댓잎도 잠든 시각. 제주祭主가 위패에 지방을 봉하자 열린 대문 사이로 써늘한 기운 하나가 제삿상 앞에 와 앉는다. 촛불은 병풍에 두 남자의 실루엣을 그리며 천장을 향해 솟는다. 허리가 꾸부정한 제주가 한 순배 술을 올리고 용서라는 절을 하자, 고개 숙이고 있던 그의 아들은 신뢰라는 절을 한다. 망자의 아들과 그 아들의 업둥이가 지내는 내 아버지의 제삿날이다.

　아버지에게 큰오빠는 못갖춘마디 같은 자식이었다. 깨진 유리온실 속의 시들어가는 화초 같은 아들이었다. 가슴 여미는 아픔으로 무섭게 스치거나, 소용돌이치다가 비워진 쉼

표와 마지막 마디의 음표가 만난 후에야 완성되는 그런 존재였다. 그래서 아버지는 그 자식 때문에 더 많이 아팠고 더 많이 내어주고 보듬었는지도 모른다.

품에 안아보지도 못하고 잃어버린 자식들로 인해 아버지의 상심은 컸다. 대가 끊어질 일이라며 쫓겨난 어머니를 마지막으로 찾아 나선 걸음에 얻은 자식이 큰오빠였다. 그래서 그랬을까. 태어나자마자 골골대며 잦은 병치레로 부모님의 애간장을 어지간히도 태웠다. 시오리 신작로 길 아버지의 자전거 뒤에는 늘 콜록거리며 담요에 싸여 병원을 오가는 큰오빠가 있었다. 그 모습은 마치 아버지 생의 여린내기 음반 위에서 불안정하게 구르고 있는 선율처럼 위태로웠다.

그 후 내리 아들딸 넷을 더 얻어 여린내기로 시작된 아버지의 삶은 음역音域을 넓혔다. 가난했지만 자식으로 인해 마음만은 부자로 살았던 그때, 아버지의 인생연주라는 선율은 안정감 위에서 봄 아지랑이처럼 따뜻하게 피어올랐다. 그렇지만 할아버지의 무릎을 독차지하고 응석만 늘어가는 큰오빠로 인해, 형제간에 엄살과 정 투정이라는 나지막한 외침들로 아버지의 악보선율은 그리 매끄럽지 못했다.

약해진 마음이 더 문제였다. 허약한 몸을 무기 삼아 큰오빠는 동생들의 내리사랑까지 자신의 것으로 여겼다. 형의 도움을 받아야 할 오빠들이 되레 그의 가방을 메고 먼 등하 굣길을 오갔다. 나와 여동생도 노는 시간이면 큰오빠를 살 피러 교실로 달려갔다. 또래들한테도 따돌림을 당해 외톨이 가 되어가는 그를 보호하기 위한 우리 형제들의 노력은 가히 필사적이었다.

어쩌다 미처 그를 돌보지 못해 다치거나 앓아눕기라도 하 는 날이면, 아버지의 호된 꾸지람이 날아들었다. 그에 상반 되는 벌도 달게 받아야 했다. 보통빠르기의 4분의 3박자, 내 림나장조인 아버지의 선율은 못갖춘마디로 인해 불안정했 다. 자연스럽지도 부드럽지도 않았다. 그로 인해 우리들은 일찍이 가족이란 청하지 않아도 내리는 눈비와 같다는 것을 알게 되었다. 그 거역할 수 없는 섭리 앞에 작은 나를 느끼며 순응하는 법부터 배워야만 했다.

나이가 들어도 큰오빠는 별반 달라지지 않았다. 점점 더 게 을러지고 나태해져 갔다. 맏이로서의 책임감도 신뢰도 저버 렸다. 어렵게 벌어 보내온 다른 오빠들의 돈마저 사업자금으 로 탕진했다. 부도를 내고 도망자 신세가 되었을 때도 아버 지는 모든 전답을 빚쟁이들한테 내어주고 큰오빠를 찾아다 녔다. 미덥지 못한 큰오빠보다 더 이해하기 힘든 건 아버지 였다. 우리는 하나, 둘 아버지 곁을 떠났다. 나 또한 평생 자식

편애하는 아버지를 원망하며 앙칼지게 대들어도 봤지만, 큰오빠를 향한 아버지의 믿음에는 되돌이표도 쉼표도 없었다. "그래도 어쩔 것인가. 혈육인데. 같이 가야지." 하면서.

큰오빠는 서른 중반을 훌쩍 넘기고서야 결혼을 했지만 생산을 하지 못했다. 그 원인이 당신 아들한테 있다는 사실을 알고도, 아버지는 나오지 않는 헛기침 두어 번으로 아린 속을 달래는 듯했다. 양자 들이기를 권하는 일가친척들의 등쌀에도 아버지는 반응하지 않았다. 부실한 몸에 가진 것 없는 큰오빠에게 양자 줄 사람 또한 없어 보였다. 마디라는 능선을 불협화음으로 숨차게 넘어오던 아버지의 인생연주는 절정에서 숨 고르기가 필요해 보였다.

그해 시월, 삶은 완벽하지도 아름답지도 않기에 맞잡을 두 손이 필요했을까. 누군가 대문 앞에 놓고 간 업둥이를 큰오빠는 숙명처럼 거두었다. 그리고 그 업둥이를 안고 온 사람이 바로 당신의 아버지라는 사실을 알고는 조금씩 변해 갔다.

마지막에야 완성되는 삶이 있다. 그 무엇에 대해 절실한 결핍을 느끼면서 느리게 성숙했던 내 큰오빠가 그랬다. 똑똑하고 건강했던 형제들 속에서도 버틸 수 있었던 것은 아버지의 힘이었다. 즉흥적으로 벌하고 화를 내는 게 아니라 실수도 게으름마저도 껴안고 용서하며 기다려주었던 아버지.

헌신과 인내로 못갖춘마디의 빈틈을 아우르고 포용력을 보여줌으로써 사랑과 구원이라는 완성된 연주를 이끌어냈다.

다시 돌아갈 수 없는 게 우리네 삶이다. 때론 놓친 삶이라도 되돌이표로 되돌려 살 수만 있다면 좋으련만 그럴 수가 없다. 연주자들은 말한다. 못갖춘마디를 연주할 때는 마디의 쉬는 부분을 명확하게 느껴야 막판 셈여림의 조절이 가능하다고. 그렇다면 아버지는 이미 알고 있었던 걸까. 놓친 박자도 한 번 더 믿어주고 보듬어 주면 마지막에는 제자리로 돌아온다는 진리를.

아버지의 말년은 평온했다. 영특한 업둥이로 인해 일생 다하지 못한 소소한 즐거움을 누리셨다. 큰아들의 늦은 성공으로 여유와 효도를 받으며 꼭짓점의 마지막 음표를 완성한 후에야 생을 마감하셨다. 누군가가 그랬다. 결코 갈대는 약한 식물이 아니라고. 속에서 자라나는 새끼 갈대가 바람에 깔리지 않고 자라기를 바라며 지켜주다, 저 혼자 힘으로 버틸 수 있을 때가 되어서야 몸을 뉘인다고. 갈대가 여름까지 쓰러지지 않고 서 있었던 그 이유처럼, 그렇게 살다 가셨다.

아버지가 보인다. 생각을 접어보면 아버지의 사랑과 좌절도 보인다. 아버지를 아버지라는 틀 속에 가둬 놓은 채 기대하거나 요구하기만 했던 지난날들. 이상하다. 아이 다섯을 키우고 이제 겨우 아버지를 이해했을 뿐인데 사랑하게 되는 것은 나 자신인 것이. 놓친 못갖춘마디의 첫음절을 붙잡고 마디마디 넘어오던 아버지를 기억하면 내 안에 내재되어 있는 꿈이 일어나 춤을 춘다. 그래서 아버지께 드리는 제사는 나 자신과의 교감이기도 하다.

나
무
의

시
간

가을에 목마르다. 열대야에 시달렸던 아침의 고단한 뒤척임과 한여름날의 무기력함에서 탈출하고 싶었다. 그러나 후덥지근한 열기를 뚫고 나갈 자신이 없었다. 마치 장마철에 슬쩍 나와 '맹꽁' 하고는 땅속 휴게실에서 저마다 제 꿈꾸는 맹꽁이 같은 나날이었다. 입추立秋가 지나고 처서處暑도 지났건만 무더위는 여전하다. '입춘 추위'가 한겨울 추위보다 더 맹렬하듯 '입추 더위'도 그런 것 같다. 자연의 섭리라도 좀 자연스럽게 흘러가 주면 좋으련만, 아는 억지 부리는 아이 앞에서 속수무책 쩔쩔매는 엄마같다. 그만큼 시간의 흐름이 길어지거나 짧아지면, 종종 좋거나 싫은 것 자체가 무뎌지는 경우가 많아 삶은 더 팍팍해진다. 이럴 때 여름을 통과하는 나무를 보자. 성장하기 위해 먹이를 탐하는 새들의 노래에도 한눈팔지 않고, 생존을 도모하기 위해 태풍 앞에서도 의연히 위를 향해만 가는 나무의 시간들을.

아침저녁엔 삽상한 바람이 분다. 그러나 구름 한 점 없이 공활한 하늘에서는 아직 햇살이 화살처럼 내리꽂히고 있다. 이즈음 나무는 금년 마지막 성장의 용틀임을 해야 하는 야생의 시간이다. 봄 가뭄의 목마름도 겪었고 불볕에 헐떡이는 숨참도 겪었다. 사람들이 힘들어하는 지금이 나무에게는 최적의 성장환경인 셈이다. 왜 아니겠는가. 이렇듯 성장 열차를 타지 않으면 한겨울 나목으로 견딜 내공을 쌓을 수 없기 때문이다. 긴 세월의 풍파를 고스란히 알몸으로 이겨낸 뒤 얻어진 생존전략이다.

나무는 스스로 먹이를 만들어 살아간다. 뿌리로부터 무기물을 흡수해서 양분을 만든다. 햇빛을 받아 광합성으로 삶을 이어갈 에너지를 창조한다. 우리 역시 스스로의 힘으로 자신의 삶을 영위한다.

내 유년의 고향 마을엔 나무가 많았다. 마치 나란히 어깨 동무하고 지내는 의좋은 이들을 상징하듯 나지막한 담장들이 만든 골목길엔 나무가 빼곡했다. 주로 먹거리에 도움이 되는 유실수였다. 크고 작은 나무들이 목을 빼고 골목을 지키던 그 길은 마치 과수원길 같았다. 나무는 시간이 흘러 쌓이듯 저마다 서로 다른 나무의 영토를 침범하지 않은 채 일정한 거리를 두고 잘도 자랐다.

골목길 건너는 가까운 외갓집 친척인 철이네 집이고, 오른쪽으로 가면 아버지의 먼 인척인 순자네 집. 왼쪽으로는 아버지가 누님으로 호칭해 부르는 과수원 꼬부랑 할머니네 대궐 같은 집이 있었다. 한여름 치열하게 뿌리에서 물을 올려 가지를 만들고 무성한 잎을 달아 그늘이 되어 주던 나무. 가을이면 단내를 풍기며 골목 가득 떨어졌다. 떠도는 바람에게도 스치고 달려가고픈 길이 있었다면 바로 단내 진동하던 그 유년의 골목길이 아니었을까. 어느 날은 비에 젖은 철이네 벌어진 감나무 가지를 찾아가고, 어느 날은 안개에 자늑자늑 젖는 순자네 들창 앞 무화과 잎에 스며들었는지도. 어쩌면 자유로운 나무들의 영토였던 그 골목이 바람의 종착지였는지도 모른다.

철이네 감나무 가지가 부러지게 감을 달고 담장에 기대어 결실의 노곤함을 달래면, 시샘이라도 하듯 깨금발하고 순자네 석류나무, 살구나무, 대추나무도 열매를 달고 담장에 가지를 얹고 끼어들었다. 그러나 과수원 꼬부랑 할머니네 담장을 넘어오는 나뭇가지는 별로 없었다. 인심만큼이나 나눔이 없었던 그 집 나무들의 결실 또한 부실하였다. 간당간당 몇 개 달렸지만 맛도 없었다. 식물의 인지능력은 사람보다도 월등하다고 한다. 무성한 잎을 달지 못했으니 자연 찾는 이가 없었고, 맛이 없으니 눈길 또한 야박했을 터. 응당 결실을 기대할 수 없었으리라.

살갗에 닿을 듯 말 듯한 기분 좋은 바람이 불면 귀뚜라미가 울고 별도 뜨리라. 스스로 기억과 마주하면서 자기 회복의 시간을 가지는 계절. 봄의 시간과 여름의 시간이 쌓인 가을이다. 지난 시간들을 무한의 값으로 환산해 되찾는 계절이 아니던가. 그 시간의 부피만큼 가을은 익는다.

가을은 봄과 여름의 시간이 쌓여 농축된 땀까지도 극명하게 증명한다. 시간의 숫자와 그 깊이까지도 남는다. 누군가에겐 알찬 시간의 평화를, 누군가에겐 초라한 시간의 고통을 보여주는 셈법의 계절이기 때문이다. 그것이 훈장이거나 삶의 멍에의 흔적인들 어쩌겠는가. 자신의 삶을 책임지는 결실은 각자의 몫이다. 나무처럼 살아보자. 나이 들면서 점점 더 아름다워지는 것은 나무밖에 없다.

남의 삶을 논단하지 않으며 나무처럼 나는 나대로 살자. 자기 삶의 범위를 지키며 서로로부터 자유롭게 살자. 뻗어가고픈 곳이면 어디로든 가지를 내뻗는 나무처럼. 하고 싶은 일, 행동하고 싶은 것을 행하며.

닭
장

장닭이 암탉 한 마리를 집요하게 쫓고 있다. 정분난 암수의 사랑싸움도, 수컷의 열렬한 구애 작전도 아닌 듯 보인다. 암탉은 오랜 괴롭힘을 당한 듯 장닭이 사납게 쪼아댐에도 전혀 대항하려 들지 않는다.

산벚꽃이 드문드문 핀 고졸한 암자 옆의 닭장. 짧은 머리에 비스듬히 군용 배낭을 걸친 청년이 이 광경을 지켜보고 있다. 제대를 하던 날 청년은 어머니의 암자를 향해 선걸음에 달려왔지만, 선뜻 들어서지 못하고 서성거리기를 반나절째다.

털이 날리고 암탉의 신음소리도 잦아들 때쯤 암자의 문이 열리고 모이를 든 어머니가 나타났다. 청년은 등 뒤로 조

용히 다가오는 어머니의 존재를 가슴부터 느꼈을까. 경직된
자세를 풀어 가다듬는다.

"저 장닭 격리시킵시다."

나지막하니 그러나 단호하게 청년이 말했다. 그때였다. 잠
깐 조는가 싶던 장닭이 다시 설치기 시작했다. 장닭은 목울
대가 터져나가라 울음을 반복하며 쏟아내지 못한 광기를 드
러내기 시작했다. 갈피를 잡지 못한 털이 허공에 날린다. 닭
장의 평화가 깨어지는 순간이다. 닭장 속의 공기마저 장닭
의 눈빛에 숨을 죽인다. 겁에 질린 암탉이 비굴하게 엎드려
짝짓기를 유도해 보지만 모질게 대가리만 쪼였다. 놀라 구
석지로 몰려간 병아리들이 떼창으로 울어댄다. 병아리들의
노란 털 사이로 어미의 털과 흙먼지가 엉켜 든다. 쫓고 쫓기
는 닭과 털로 아수라장이 된 닭장 안에 장닭에 맞설 상대는
없어 보인다.

암탉의 뒤를 병아리들이 숨 가쁘게 따라 다닌다. 영문도
모른 채 구석을 전전하는 어미를 쫓아 병아리들의 짧은 다리
가 굴렁쇠 굴러가듯 한다. 장닭의 횡포가 극에 달했다고 느
꼈을까 청년이 잠시 비틀거린다.

"저러다 죽겠네." 재차 장닭의 격리를 다그치는 청년의 목
소리가 격하게 떨린다. 다급한 소리에 청년의 어머니가 움

찔한다. 그러나 등 뒤에 선 어머니는 조용히 고개를 저었다. "그래도 저 녀석이 닭장을 지킨다." 서늘하도록 단호한 한마디였다. 외진 산속이라 닭장을 노리는 적들은 많았다. 낮에도 도처에서 호시탐탐 눈에 불을 켜고 닭장을 노리는 양육강식의 험지였다. 강해야 살아남을 수 있다. 날카로운 부리와 힘센 발톱으로 무장하고 눈을 부라리며 닭장의 안녕을 위해 긴장해야만 했다. 그리고 살아남아야 했다. 그것이 지금껏 살아남은 장닭의 생존방식이었다. 또한, 닭장 안의 다른 목숨까지 온전한 이유기도 했다. 그러나 강한 생존방식의 본능이 난폭한 성정으로 굳어 버렸다는 게 문제였다.

암탉이 모가지를 외로 꼬고 비명에 가까운 신음소리를 냈다. 미물일지라도 바라보며 느끼는 고통의 무게는 같았을까. 고개를 돌려 허공을 향하는 어머니의 눈가에 미세한 경련이 인다. 마침내 암탉의 탈출구를 열어주려는지 어머니가 닭장 문을 열었다. 그날 밤 청년의 할머니가 가엾은 며느리를 위해 대문을 열어 놓았던 것처럼. 그러나 겁에 질린 병아리들을 감싸 안고 도망 다닐 뿐 끝내 암탉은 문을 나서지 않았다. 닭장 문을 잡은 어머니의 손끝이 가늘게 떨렸다. "떠나온 걸 후회하십니까." 어린 삼 남매를 모질게 떼어내고 등 떠밀어 대문을 나서게 했던 건 청년의 할머니였다. 의처증에 시달리며 인간이기를 망각해가는 아들을 위해 마지막 선택을 하던 날. 청년의 할머니는 해가 진 십 리 길을 걸어 어미를 보내야 하는 어린것의 분유와 젖병을 사왔다. 그리고 그 병에다 긴 이별을 담았다.

서 있는 두 사람의 머리 위로 떠날 채비를 마친 산벚꽃잎이 날렸다. 긴 겨울을 이겨낸 가지에 잠깐 피었다 떠나가는 벚꽃잎. 청년과 그의 어머니도 그러했다.

암탉이 등을 돌리고 구석에서 병아리들을 품고 있다. 장닭에 쪼인 모가지의 상처 위에 또 다른 상처가 구덕하게 말라가고 있다. 그러나 눈물을 담고 파고드는 병아리들을 살뜰히 보살필 뿐이다. 오직 닭장의 안녕을 책임진다는 미명하에 끝내 장닭의 격리를 거부하는 어머니를 향해 "아버지를 이해하시는군요." 청년의 어깨가 들썩이는가 싶더니 맥없이 주저앉는다.

"아버지를 위한 선택이었다." 청년이 움찔했다. 뜻밖이었다. 이십 년이란 세월 그가 바라던 말은 아니었다. 먹먹했던 가슴이 조여 오는지 움켜잡는다. 어머니를 향해 다져 쌓았던 원망이 한순간 무너져 내리는 소리가 천둥처럼 들렸다. 이윽고 청년이 돌아서 어머니를 바라본다. 향기마저 내뿜을 수 없었던 수묵화 속의 한 송이 목련꽃 같은 어머니. 청년이 나직이 소리 내어 부른다.

휘이 휘이 어머니가 닭장에 모이를 뿌리기 시작했다. 아무 일도 없었다는 듯 모이를 향해 닭들이 모여들었다. 꾸꾸꾸 장닭이 암탉을 부른다. 어느새 암탉이 암팡진 엉덩이를 흔들며 병아리들을 몰고 달려왔다. 장닭은 연신 암탉과 병아리들을 위해 모이를 양보하며 길을 내주고 있다. 모래 목욕을 즐기는 병아리들을 위해 땅도 파헤친다. 다시 찾아온 잠깐의 평화에 청년이 말없이 돌아선다.

어머니는 해거름 그림자를 길게 끌며 청년이 사라져간 곳을 향해 오래도록 앉아있었다. 소리 없이 흐르는 눈물을 닦으며. 그리고 마침내 파르스름한 머리 위로 어스름이 내리자 미완未完으로 남아 있던 그림을 꺼내 그리기 시작했다. 어머니라는 이름의 그림을.

산벚꽃을 보려고 올랐던 암자에서 비구니의 눈물을 보았다. 산중이라고 혈연의 그리움과 이별이 없었을까. 돌아누운 남편의 등판에 식은 사랑이 느껴질 때, 서둘러 떠나는 아이들의 뒷모습에 무지근해지는 날이면 나는 그 비구니가 흘리던 눈물의 의미를 생각한다.

매
霉
가
필
때

골마지가 하얗게 피었다. 항아리 속 물컹한 된장에 이끼처럼 피었다. 소외와 낙오의 상처를 겪은 뒤 자란 생명력인가. 아니면 어떤 저항할 수 없는 힘에 의한 표출인가. 저렇듯 항아리 속의 된장을 대신해 눈길을 보내고 있는 것은, 오랜 세월 그 맛을 아는 사람에게만 허락한다는 옹골찬 다짐처럼 보인다.

"된장 가져가거라." 구순을 바라보는 어머니에게서 걸려온 전화기 너머, 다디단 된장 냄새도 따라왔다. 올해는 '씨알 좋은 콩이라 더 달다. 마당 볕이 좋아 잘 익었다.'는 말은 차마 아꼈다. 구수하게 잘 뜬 메주 자랑도 없었다. 된장 향해 식어가는 어머니의 마음이 허하게 느껴져 왔다.

매년 추위가 가시기 전, 장을 담그신 어머니는 진달래꽃이 만개할 즈음에 된장과 간장을 갈랐다. 그런 후, 소창으로 독을 잘 동여맨 뒤 햇살 좋은 장독대에 올려 숙성에 들어갔다.

그날부터 어머니는 과제물을 받아든 아이처럼 일구월심 장독을 살폈다. 침침한 눈과 청량하지 않은 귀를 다독이며 '동백아가씨' 한 자락을 곁들이기도, '조금만 아프다 자던 잠에 가게.' 해 달라는 푸념 같은 중얼거림도 보탰다. 오만 가지 자식 걱정을 푸지게 늘어놓으며 고명딸 산바라지하듯 했다. 마치 어떤 범접할 수 없는 당신만의 의식 행하듯 장독에 공功을 들였다.

그랬던 어머니의 장독에 매가 피었다. 뚜껑을 열기 무섭게 맞아주던 다디단 장내 대신 안개꽃 한 다발 뿌려 놓은 광경에 움찔했다. 마치 절망의 밤을 보내 본 사람만이 엿본 그 무엇인가를 보여주려는 듯 선명하기까지 했다. 허술하기 짝이 없는 막을 쳐 놓고 된장을 지키려는 어떤 힘의 결기 같은 것이 느껴지기도 했다. 그러나 이제 어머니는 할 수 있는 일을 할 수 없다는 생각에 상실감이 먼저 들었다. 행여 어머니가 볼세라 슬쩍 매를 걷어낸 뒤, 단내가 진동한다며 너스레를 떨면서 돌아서는데 가슴이 저려왔다.

딸 다섯을 내리 낳고 아들을 보았던 외할머니였다. 그 냉대에 맞선 건 딸들의 끈끈한 뭉침이었다. 배추 속잎처럼 여리게 자란 아들과는 달리 다섯 자매는 한겨울 이겨낸 봄동 같은 강인한 성장을 했다. 그래서 그랬을까. 각자의 가정을 이루고서도 그녀들만의 결속은 지속되었다.

가을걷이가 끝날 즈음, 셋째 이모는 바닷가 자갈밭에서 수확한 콩을 이고 지고 왔다. 그로부터 어머니의 된장 담는 긴 여정이 시작되었다. 벌레 먹은 놈, 썩은 놈, 쪼개진 놈을 잘 선별한 후 삶아 차진 메주를 만들어 문간방에 들였다. 띄우는 과정은 통풍과 온도가 중요했다. 장맛을 좌우하는 시간이었기에 유난스럽다 싶게 문간방을 들락거렸다. 어느 순간 메주가 붉은빛을 띠며 구수한 냄새를 풍기면 처마 밑에 매달아 세상 바람과 마주하게 했다. 절반의 완성이었다. 그런 후, 다섯 자매가 나눠 먹을 만큼의 된장을 소금과 물의 양에 한 치 오차 없이 최적의 상태에서 담았다. 어머니만의 마음이 가는 어느 날, 정갈한 마음가짐으로 정성과 메주를 함께 담아 독을 채웠다. 누구나 하는 일이지만 누구도 할 수 없는 그런 일련의 과정은, 어머니만의 남다른 손끝 감각과 눈대중으로 다디단 장맛을 완성해 내곤 했다.

야트막한 바자울이 둘러쳐진 유년의 우리 집 장독대에는 늘 꽃이 피고 졌다. 철철이 어머니는 꽃을 심어 벌과 나비를 불러들여 장의 향기를 선물했다. 어디 그뿐인가. 장맛을 우려내는 지난한 과정에 바람도, 햇볕도, 잠시 앉았다 날아가는 새들조차 인고의 시간을 갖는 장독에 응원을 보탰다. 돌자갈이 넓게 깔린 장독대는 이엉처럼 올라앉은 포도 덩굴이 있어 볕도 적당했다. 앞마당이 우리들의 놀이터였다면 뒤안간 장독대는 누구도 범접할 수 없는 어머니만의 공간이었다.

날마다 독을 닦아 청결을 유지했고 뚜껑을 적절하게 열고 닫기를 수없이 반복해 햇빛의 강약을 조절했다. 간장 빛깔은 짙어져 갈수록 깊은 맛을 내놓았고, 된장은 숙성의 시간만큼 곰삭은 콩 맛의 진수를 보였다. 따스한 햇볕 세례도 가꾸는 이의 정성도 제대로 향유했던 어머니의 장독대. 그런 어머니의 장맛은 정성에 비례해 맛으로 보답했다.

된장과 간장 핑계로 들락거렸던 자매들의 비밀스러운 만남의 장소도 그곳이었다. 뜻대로 이루어지지 않는 일에 심신이 지칠 때, 된장 한 숟갈 던져 넣고 끓여낸 국 한 사발에 털고 일어났던 그 원동력의 힘, 너무 많은 맛을 알아 충족된 것 같지만 허전할 때, 마지막에 채워주던 그 맛을 이제는 잃어버렸다는 안타까움을 생목으로 올렸다. 지금껏 그 힘의 토닥임으로 사랑하고 사랑받으며 살아왔는지도 모른다.

이제는 세월에 무디어져 감각마저 잃어가는 어머니의 손

맛을 더 이상 볼 수 없다는 사실에 가슴이 시큰해져 눈을 감고 말았다. 그것은 아침이 오고 봄이 오듯이, 어머니는 새로운 시간과 더불어 새로워지지 못한다는 증거였기 때문이었다. 그뿐인가. 어쩌면 남은 삶의 의미와 이유도 잃어갈지 모른다는 불안감마저 들게 했다.

'부잣집도 장맛 잃어버리면 삼 년 못 간다.'라며 넌지시 장맛의 중요함을 에둘러 강조하시던 어머니. 아이러니하게도 당신의 독에 매가 피고 장맛이 변하면서 몇 달 후 홀연히 돌아가셨다. 어쩌면 그때 피었던 그 매는 어머니의 잃어버린 손끝 감각을 대신해 토해낸 울음은 아니었을까. 그래서 일찍이 영별永別의 시간을 함께했는지도 모른다.

뒤늦게 염치라는 마음의 체기를 느낀다. 아낌없이 제 한 몸 풀어내는 메주에 소금물이 스며들어 만들어 내는 우리만의 독특한 맛. 그 맛은 대대로 부모가 되어 그 자식에게로 스미고 나누라는 조물주가 내린 축복 같은 증정인지도. 어느새 내 심장으로 옮겨와 새겨진 그 증정에 사인을 하고 가만히 오후의 햇살 속으로 걸어간다.

어느 길고 느린 날의 단상

물소리가 난다. 고택의 돌담 밑으로 과거의 무게를 버리고 다시 돌아온 물소리가 들린다. 성긴 돌담에 허리 기대고 자란 늙은 소나무는 그 물을 길어 올려 끝없이 잎을 틔운다. 솔잎은 저마다 품을 수 있는 만큼의 물기만 품은 뒤, 향으로 내어놓고 또 다른 물기를 빨아들인다. 소생과 소멸의 투명한 법칙 아래 순응하는 욕심 없는 자연의 순리다. 빨아들인 만큼 뿜어내는 무한한 노송의 향. 흐르는 시간의 속도와 무게만큼 퍼져나간다.

밤비가 내리고 있었다. 잠결에 머리맡에서 '톡톡' 하는 소리가 들렸다. '낡은 고택에 물이 새는구나.' 뉘인 몸을 바짝 말아 감으며 방바닥을 쓸어보지만 물기는 없었다. 그 소리는 짙은 안개 서린 아침까지 들렸고 날이 밝았다. 서둘러 앞치마를 두르고 방문을 나서는 내 눈에 '이럴 수가!' 탈진해 쓰러져있는 작은 개구리 한 마리가 보였다. 간밤의 비를 피해 무심코 방으로 들어온 이 불청객은 피부가 말라가면서 가쁜 숨을 몰아쉬고 있었다. 가만히 보니 혼신의 힘을 다해 일어나더니 벽을 오르기 시작했다. 한 발 한 발 힘을 다해 올라보지만 얼마 가지 못하고 떨어진다. 다시 일어나 오르고 떨어지기를 반복하지만 멈추지를 않았다. 간밤에 그 소리는 개구리가 벽을 오르다 방바닥으로 떨어지는 소리였다.

종가인 큰집에 제사를 지내러 왔다. 종손인 시숙이 외동인지라 바쁜 종부의 수고를 조금이라도 덜어주려 서둘러 나선 걸음이다.

"세상이 아무리 변해도 제사음식만큼은 변해서는 안 되는 거여."

꼬부라진 허리를 펴가며 종종걸음치는 종부의 잔소리가 부엌에 가득하다. 정갈한 음식을 주문하는 따뜻한 말투지만 긴장되는 순간이다. 푸근하고 사람 좋은 종부인 형님도 제사음식 앞에서는 엄중하면서 예민해지기 때문이다.

완경사지에 깊은 소나무 숲을 배경으로 자리 잡은 큰집 종택宅의 규모는 소박하다. 그러나 그 존재감만으로도 충분히 연륜이 느껴진다. 연륜이란 그저 지나가는 시간만으로 이루어지는 것은 아니다. 넉넉한 품을 갖추고 자신의 존재 속에 또 다른 존재를 품어야만 하리. 그래서 나는 멀어진 시간의 깊이와 거리만큼 더 소외된 듯하지만 끝내 가공되지 않는 그 시간들을 사랑한다.

좁고 불편한 부엌과 화장실을 개조했다. 제사를 지내는 대청에 편한 의자를 놓고 성능 좋은 가전제품을 들여 편함을 도모해보지만, 변하지 말아야 할 것이 더 많은 곳이 또한 종가다. 무언의 약속처럼 제사상에 올릴 일곱 가지 과일과 전 세 가지, 탕 세 가지, 포 세 가지, 나물 세 가지는 아무도 어쩌지 못하는 종가의 변치 않는 룰이다. 가뭄이 들어도 마르는 법 없이 늘 맑고 시원한 물이 찰랑거리는 뒤안 우물물로 만든 식혜 또한 빠져서는 안 되는 이곳 종가의 제사음식이다.

닳고 닳아 해맑은 아이의 얼굴처럼 반들반들한 저 섬돌. 얼굴 한 번 찡그리지 않는 종부의 얼굴을 닮아 가고 있다. 세월 따라 유행 따라 그곳에 놓이는 신발의 모양은 바뀌어도 품음엔 변함이 없다. 찾는 친척들은 줄지만, 종가를 감싸고 있는 소나무 숲에서의 청량한 기운은 무한정이다.

과거의 흔적이 사라졌다고 해서 정말 사라진 것일까. 시간이 재가 되어 공기 중에 흩어졌다고 해서 의미마저 지워지는 것은 아닐 것이다. 분명 사람 안에 깃들어 있다는 생각이 드는 것은 왜일까. 놓을 수 없다면 차라리 길들여져 흔들림 없이 의연한 삶을 사는 종부라는 존재가 있기 때문이다. 과업의 제한으로부터 벗어나고픈 마음인들 왜 없었겠는가. 약간은 다른 각도로 세상과 비켜 있고 싶은 심정인들 또한 없었겠는가. 그러나 오직 노송의 향처럼 더욱더 깊어지는 종부의 삶이다. 그 침묵의 상태로 굳어진 우리네 여인들의 숙명 같은 삶에 숙연해진다.

한 집안의 전통은 쉽게 만들어지지도, 쉽게 허물어지지도 않는다. 아무리 닳고 닳아도 향만은 잃지 않으려는 노송의 강직함을 닮았다. 문득 쥐어짜고 두들겨 맞춰 넣은 것들에 너무 길들여진 내 삶이 부끄러워진다.

마당에 내놓았던 개구리는 어디로 갔을까. 안개 걷힌 마당에 잠깐 허리를 펴고 앉아있는 종부의 모습만 보인다. 노송의 향 같은 수더분한 멋스러움이다. 모두가 느림의 미학을 얘기하면서도 어쩔 수 없이 바쁘게 살아야 하는 요즈음이다. 오름을 멈추지 않았던 개구리의 단순함과 느림을 닮은 종부라는 이름의 한 여인이 세월을 나누며 앉아있는 오후다.

3

바
람
자
루

겁
怯
의
무
게

사이드미러 하나가 시야에서 사라져버렸다. 눈 깜짝할 사이다. 부딪히는 둔탁한 소리와 금속의 날카로운 비명소리에 자동차가 휘청거린다. 지뢰밭 같은 좁은 골목길에서 애꾸가 되어버린 자동차는 더 이상 나아가지 못하고 멈춘다. 순간 겁을 만났다.

겁 없이 내달린 결과는 참담했다. 천지 사방이 겁이란 사실을 잠깐 잊은 사이, 놈은 기다렸다는 듯 나타나 존재감을 과시한다. 자초한 일이니 아량이나 배려 따윈 있을 턱이 없다. 놈을 모르고 덤빈 값은 에누리 없이 치러야 한다. 달아나버린 사이드미러며, 생채기 난 도어, 군데군데 망가뜨려 놓은 남의 값비싼 자동차를 보고 있노라니 그제야 겁의 된맛을 실감한다. 사이드미러 한쪽 없이 돌아가야 할 생각에 눈앞도 캄캄하다. 그뿐인가. 당장 상대방 차주에게 사죄부터 하고, 적잖은 숫자로 날아올 청구서를 생각하니 머릿속이 하얘진다. 뻐근하게 저려오는 목덜미의 통증과 후들거리는 다리로 운전해 갈 자신은 더더욱 없다. 문득, 지금 내가 먹고 있는 겁의 무게가 궁금해진다.

그동안, 급한 성격 탓에 많은 겁을 만나 화해하거나 혹독한 대가를 치렀다. 이 겁이란 비정한 놈은 만나는 순간 혼부터 빼앗아간다. 그런 다음 간을 콩알만 하게 만든다. 심장을 무말랭이 말리듯 쪼그라들게 한다. 서서히 조여 오는 두려움에 오금도 저려 정신마저 혼미해진다. 겁을 먹으면 나타나는 현상들이다.

사람마다 겁을 만나 느끼고 받아들이는 두려움의 질량은 천차만별이다. 스치듯 지나는 작은 떨림이거나, 가늠할 수 없는 무게에 눌려 숨통을 끊길 수도 있다. 놈은 없는 듯 있다가 아주 미묘한 시점에 나타나 숨 탄 것들을 떨게 하는 묘한 재주를 가지고 있다. 놈을 잠시 잊었거나 무지하게 덤볐다가는 불시에 놈의 라이트 훅에 급소를 맞기 십상이다. 그것도 한 치 오차 없이 대가에 정확한 무게를 달아 날린다. 특히 우습게 보거나 얕보는 것들에게는 에누리 없이 된맛을 보이는 무지막지한 습성도 가졌다. 겁을 알아야 하는 이유다.

다양한 무게로 생명체들의 생존본능에 깊숙이 관여하는 겁. 그 무게는 얼마나 될까. 혹 색을 가졌다면 어떤 색일까. 흑, 백의 획일적 선택이 아니라 수없이 다채로운 농도의 무채색일 것 같다. 겁은 마주하는 이의 몫이다 보니 저마다 대응하는 방식은 다르다. 누가, 얼마나, 어떻게 받아들이느냐로 겁의 무게나 색깔의 농도는 달라지기 때문이다. 그러나 그놈도 우리가 잘 살아가려면 함께해야 한다는 것이다.

젊었을 때는 몰랐다. 패기와 용기로 무장된 자신감만 있었다. 그래서 무모한 오기로 놈과 한판 붙어 볼 생각도 했었다. 그러나 그것은 오판이었다. 겁이란 놈은 부정적이라 한판 붙어 아작을 낼 놈이 아니었다. 적당히 알고 지내야 하는 놈이란 걸 안 것은 나이가 들면서였다.

감기를 달고 사는 내게 어느 한의사 한 분의 처방이 생각난다. "감기란 놈은 상당히 겁이 많습니다. 교활하고 얍삽해 각종 질병을 앞세워 조금만 약한 틈을 보이면 대들지요. 그리곤 달라붙어 괴롭힙니다. 그렇지만 상대가 자기보다 강하다 싶으면 쉽사리 덤비지 못할 뿐 아니라 덤비다가도 곧 떨어집니다. 얼큰하게 고춧가루 푼 콩나물국을 배불리 먹고 누워 땀을 내시면 감기를 물리칠 수 있습니다." 처방은 그뿐이었다. 마치 몸집을 부풀려 적을 퇴치하는 복어란 놈처럼. 감기란 놈보다 더 크고 센 몸을 만들어야 한다는 것이 그분의 처방인 셈이었다. 어쩌면 감기와 겁은 같은 습성을 가진 놈인지도 모른다.

겁은 생명체들이 무서운 존재를 미리 피하기 위해 발달시킨 생존본능이다. 그 두려움은 죽음이나 병, 사고, 이별 등의 다양한 메뉴와 무게로 생명체의 생존본능을 자극한다. 천지 사방에 도사리고 있다가 여차하면 무한 존재를 과시하니 긴장해야 한다. 겁을 모르면 놈의 먹이가 되기 십상이다. 상당히 부정적이긴 해도 건강한 겁을 알아야 하는 이유다.

요즈음 하루하루 견디기 겁난다는 사람이 많다. 변화하는 여러 가지 것들에 미처 따라가지 못해 두렵고, 믿을 사람 없어 겁난다. 천지 사방이 겁이다. 뭔가 실체도 없는 무서운 게 오는 것 같은데 딱히 그게 뭔지도 모른다. 변화라는 이름으로 내가 아는 것보다 모르는 게 많아지고 있는 탓도 있고, 험악해지는 사회분위기도 원인일 수 있다.

이제는 내 고통뿐 아니라 타인의 고통까지 느끼는 나이가 되었다. 타인이 느끼는 여러 종류의 겁들이 나와 무관한 것이 아니라 언제든지 나도 겪을 수 있음을 아는 나이다. 살아가면서 누구에게나 시련과 고통은 해가 뜨고 지는 것만큼

불가피하다. 자신의 의지나 행동과는 아무 관련 없이 그냥 발생하는 것이라 더 겁이 난다. 그러나 지레 겁에 정복되어 주눅 들어 살 필요는 없다. 그렇다고 겁을 몰라서도 안 될 일이다. 적당하게 건강한 그놈과 시선 줘가며 함께 살아갈 일이다.

여
름
소
리

풀벌레 소리 요란하다. 뻐꾸기 소리 잦아든 숲이 가수들의 떼창으로 들썩인다. 매미를 필두로 '또랑또랑' 더욱 야멸차진 새들의 노랫소리도 가세한다. 어느 것 하나 허투루 존재하지 않는 절정의 여름 숲이다. 비 온 뒤 숲 안개 아스라하게 깔린 그곳에서 생명을 가진 것들은 저마다 선수라 자칭하며 라이브로 목청 높인다. 그들만의 어떤 숭고한 의식일까. 인간보다 더 예민하게 우주 행성의 움직임에 반응하듯 노래한다. 한 시절 올 풀어놓고 치열하게 사는 생명들의 절규가 애절하다. 여름꽃의 향연이 펼쳐지는 천상의 화원에 풀벌레의 아름다운 오케스트라는 최고조다.

하얀 꽃송이들의 향기가 진하다. '붕붕' 채밀採蜜에 바쁜 벌들의 소리도 '우렁우렁'하다. 포도송이처럼 달린 아까시나무 숲이다. 작고 흰 나비를 닮은 꽃을 피워 달콤한 꿀을 가득 담았으니 이보다 더 좋을 순 없다. 입안 가득 침이 고인다. 먹먹해진 귀는 풍랑을 만난 듯 표류한다. 곳곳에서 소리가 만들어 내는 여름의 대향연에 달뜬다. 여름은 짙어지는 녹음보다 한발 먼저 소리로 와 우리 곁에 있다.

때론 의미로 말을 걸기보다는 뉘앙스로 말을 거는 단어들이 있다. 풍덩풍덩, 붕붕, 벌컥벌컥, 뽕뽕, 사부작사부작 같은 의성어들이다. 그물에 걸리지 않는 바람처럼 자유로운 이 소리들은 여름의 소리다. 듣노라면 꼭꼭 숨겨 놓은 기억의 문이 열리고 그림을 그린 듯하다. 잘 저장된 지난날의 놀라운 한 편의 동영상을 끄집어내기도, 잠들어 있던 유년의 어떤 여름을 만나게도 된다.

이맘때면 유년의 내 고향 들녘은 파랗게 뿌리 내린 벼의 물결로 출렁거렸다. 시원한 바람은 가을 향해 솟아오르는 벼의 머리채를 잡고 희롱하듯 흔들어댔다. '일렁일렁' 파란 바람꽃을 피우며 어깨를 들썩였다. '쏴아 쏴아' 소나기가 한차례 분탕질하고 간 풀숲은 숨어든 곤충들의 가쁜 숨소리만 들리고 들녘은 숨 고르기에 든다. '찰랑찰랑' 수문水門이 열린 도랑에 물이 가득하면 아버지는 논에 물꼬를 트기 위해 이른 아침 들녘으로 나갔다. 돌아오는 길 텃밭을 더듬어 온 아버지는 오이와 풋고추를 부엌의 어머니를 향해 냅다 던지고는 "덕아 물 부어라." 하시며 우물가로 향했다. 그 소리는 새벽잠에 곯아떨어진 우리들을 깨우는 정겨운 소리였다. 수분이 빠져나간 아버지의 그을린 등에 찬물 바가지를 쏟아부으면 '어푸어푸' 하시던 아버지의 숨넘어가는 소리도 여름에만 들을 수 있는 정겨운 소리였다.

평상 위에 뒹굴던 이집 저집 남자아이들이 소 몰고 집 나서면 뒤따라 계집아이들도 강가로 내달렸다. 까맣게 탄 얼굴에 주근깨 하나씩을 더 얹으며 '풍덩풍덩' 뛰어들어 멱을 감았다. 여름 강은 아이들의 재잘거림으로 조금 더 깊어졌는지도 모른다. 그 잔물결의 간지러운 스침과 강변의 갈대 몸 비비는 소리는 달콤 싹싹했다. 저녁 어스름이 노랑으로 강가에 내리면 아이들은 하나, 둘 꼴을 뜯어 배부른 누렁이를 앞세우고 보리피리 불며 집으로 돌아왔다.

'치익치익' 뽀얀 연기가 오르는 집마다 무쇠솥에 구수한 햇보리 밥 익는 냄새가 진동했다. 모깃불 자욱한 마당 평상에 온 가족이 둘러앉으면 언제 왔는지 샐쭉하게 눈을 뜬 서쪽 하늘의 개밥 바라기도 합석했다. '탱글탱글' 이빨 사이로 숨어다니는 차진 햇보리 밥 알갱이를 찾아 씹는 맛은 꿀맛이었다. 드문드문 씹히는 풋완두콩의 풋풋한 단맛도 일품이었다. 텃밭의 푸성귀란 푸성귀는 죄다 밥상 위에 올랐다. 찐 호박잎에 보리밥 한 숟갈, 물큰한 강된장 퍼 올려 만든 커다란 밥보자기 한입 밀어 넣으면 세상 부러울 것이 없었다. 이집 저집 쓱쓱 뚝배기에 된장 보리밥 비비는 소리도 담을 넘어 다녔다. 된장에 푹 찍어 사정없이 베어 물던 풋고추는 맛보다 아삭거리는 소리가 더 좋았다. 배고파서 서러웠던 보릿고개를 잠시 잊게 해주던 여름의 소리였다.

밤이 이슥해지면 '왱왱'거리던 모깃소리도 잠잠해지고 '사부작사부작' 배고픈 새앙쥐와 고양이들의 숨바꼭질이 시작되었다. 별 하나에 옥수수, 별 하나에 조개, 별 하나에 뽀옹, 붙이던 낱말도 바닥을 보이면 아이들은 시도 때도 없이 '뽕뽕' 보리방귀를 뀌며 잠이 들었다.

여름의 소리는 억세다. 아무리 농익어도 기세등등하게 하늘 향한 꼿꼿한 보리를 닮았다. 땅속에서 5년 넘게 묵었을 매미 소리다. '풍덩' 하고 강물에 뛰어들어야 시원함은 배가 되고, '벌컥벌컥' 오이냉국도 들이켜야 제맛이 난다. 우리는 억센 풀과 나무와 바람의 속말들을 전해 들으며 그 여름에 한 뼘 더 자랐다.

바람자루

그것은 바람의 몸짓이었다. 관통하는 바람의 모습이고 자취였다. 허공만큼 넓은 길에서 만난 막다른 골목에서의 어떤 외침이었다. 다북쑥 뜯던 사슴이 우우하니 제 기쁜 울음으로 먹이 있는 곳을 알리듯, 오직 타자를 위한 자기애의 표현이었다.

도심 변두리에 있는 강변 궁도장, 길게 깔고 누운 푸른 잔디 위에서 바람자루들이 무시로 흔들리고 있다. 궁사들의 예리한 시선을 따라 시시각각 변하는 바람을 맞느라 분답다. 그러나 자연의 섭리에 순응하는 초연한 흔들림이다. 희고 빨간 띠를 두른 자루들의 팔랑거림이 그려내는 무한 곡선이 푸른 듯 시리다.

오늘 궁도장은 푸른 햇살 가득하다. 희멀건 회색 구름이 잠깐 머물다 사라진 뒤의 다디단 맑음이다. 이런 날 궁사들의 심장이 달구어진다. 둑 너머 강이 있고 지척에 바다가 있어 바람 잘 날 없는 곳이다. 그러나 활쏘기 좋은 날이다. 비릿한 푸른 바다를 스치고 온 삽상한 바닷바람, 짙은 녹음 향기 싣고 둑 넘어온 강바람, 바람은 또 다른 바람을 불러와 자루 속을 들락거린다. 어디 그뿐인가. 도심을 휘젓고 득달같이 달려온 후줄근한 바람까지 가세한 날이면 바람자루의 배는 종일 만삭이다. 때론 아귀 같은 입으로 삼킨 바람의 세기에 놀라 격렬한 몸부림을 치기도, 뒤섞이는 바람을 달래려 잽싸게 방향을 틀어주기도. 꼬무락거리는 자루 속의 바람에 간지럼을 타기도 하는 바람자루의 하루. 그 모든 몸짓은 타자를 위한 사명감의 발로이다.

마침내 팽팽하게 당겨진 시위를 벗어난 화살이 내달린다. 한 방향으로 거스를 수 없는 길을 떠났다. 궁사의 단단한 팔과 예리한 눈이 침착하게 정조준한 그곳, 과녁이다. 오직 저 나부끼는 바람자루에 의지해 떠난 여정이다. 그러나 미세한 흔들림조차 살피고 가늠한 후의 출발이니 목적지를 향한 최적의 활궁인 셈이다.

화살의 질주본능에 바람자루가 긴장한다. 어차피 부딪혀

야 할 숙명 같은 긴장감이다. 바람이 전하는 소리에 귀를 기울이던 서남쪽 바람자루가 잔기침 같은 흔들림을 보이지만 아직은 최상이다. 화살은 출발선상의 긴장감을 유지한 채 잠깐 좌우로 흔들리다 햇빛 속으로 솟아오른다. 어느새 강바람이 물비늘의 푸름을 안고 와 휘감긴다.

때마침 살랑거리던 서북쪽 바람자루도 기지개를 켠다. 뻑적지근한 몸풀기다. 재빨리 몸피를 늘이고 벙글어 바람을 맞는다. 정겨운 반김이다. 화살은 사색하듯 고요하게 흐르는 강물소리에 귀 기울이고, 대지에 납작하게 엎드린 잔디의 알싸한 향기와도 한 호흡 짧은 입맞춤을 한다. 과녁을 향해 가는 길은 험난해도 아직은 순탄하다.

동남쪽 향기 짙어가는 구절초 위의 바람자루가 펄럭이기 시작한다. 짧은 탄식 같은 긴장감이 찾아온다. 그러나 과녁을 향한 질주에 가속도를 붙인다. 이 순간 화살에게 바람은 무서운 존재가 아니라 뚫고 나가야 할 장애물일 뿐이다. 한순간 스쳐 가는 존재의 움직임에 반박자의 쉼만 필요할 뿐이다.

늙은 느티나무 곁을 지날 때쯤, 북서쪽의 바람자루가 심하게 흔들린다. 동시다발로 몰아치는 바람에 온몸으로 맞서고 있다. 팽팽한 긴장감이다. 스스로를 재촉하던 화살은 숨이차 호흡이 빨라지면서 휘청거린다. 그러나 피할 수 없다면 뚫고 나가야 하는 게 화살의 운명이다. 망설임 없이 하강의 속도를 줄이고 바람 속으로 돌진한다. 견딜 수 없는 고통 자체보다 그 고통의 의미를 찾아야 하는 순간이기 때문이다.

빈 계딱지 두 개가 밤새 서로 등을 맞대고 달그락거렸다. 마치 겁 없이 방문한 밤손님에 경고라도 하듯 처마에 매달려 흔들렸다. 할머니는 집안으로 들어오는 악귀를 쫓아낸다며 일 년에 두 번, 햇빛이 잘 드는 서녘 처마에 빈 계딱지를 매달아 집안의 안녕을 빌었다. 방사放赦 목적으로 매단 계딱지였지만 실상은 귀로 듣는 바람자루 역할을 했다. 지난밤 계딱지를 흔드는 바람에서 비의 소식을 듣기도, 가는 길과 세기로 오늘의 날씨를 점쳤다. 오랜 연륜의 장비[귀]로 바람을 가늠하고 일상을 대비했으니 계딱지는 참 유용했던 바람자루였던 셈이었다.

과녁을 향해 나아가던 화살이 어떤 태도를 취해 과녁에 닿았는지, 아니면 멀리 빗나갔는지는 모른다. 다만 주어진 환경에서 자신의 태도를 결정해 선택할 수 있는 자유만은 빼앗기지 않았으리라 생각한다. 그 선택의 자유만으로도 화살은 이미 스스로를 치유할 수 있는 힘을 내장했고, 아픔을 어루만질 자신을 가졌기 때문이다.

코로나19라는 광풍의 역습으로 숨쉬기가 어려운 요즈음이다. 우리는 일상을 잃어버리고 고립, 타인, 불신이라는 키워드 앞에서 외롭고 고독하다. 어느 날, 서북풍을 타고 건너오더니 무지막지하게 휘몰아치고 있다. 상황은 퍽 위태로워 보인다. 마스크 속에 입과 코를 가두어버린 후 눈빛마저 우울해졌다. 둔탁한 소리를 내며 집집의 현관문들이 닫히고 있다. 일상을 지배하던 소소한 그 모든 것들도 멈췄다. 그러나 속수무책 당할 수밖에 없는 이 광풍의 현장에 바람자루 같은 이들이 있다는 것은 얼마나 다행한 일인가.

그래서 우리는 이 상황을 그들과 함께 버텨야 한다. 다시 일어설 수 있다는 공감대로 이겨내야 한다. 모두의 공감대가 사라지면 나를 지탱해주는 지지대도 사라진다. 그 광풍을 읽고 잠재우려 세심하게 살펴줌에 감사해야 할 일이다.

기어이 봄이 오고 있다. 코로나19보다 더 힘센 봄이 오고 있다. 만개한 꽃잎만큼 번져오는 백매향과 홍매향에 저마다의 낯빛이 환해지고 있다. 광풍 앞에서도 의연히 제 본분을 다하는 바람자루를 본다. 기꺼이 제 입을 벙글어 바람을 맞이한 뒤 타인의 고통과 아픔을 함께하고 있다. 그들이 우리 곁에 있는 한, 소중한 줄 모르고 지녀왔던 모든 것들, 옆에 있는지도 모르게 무심했던 모든 것들과의 해후는 멀지 않을 것이다.

무기여 잘 있거라

장터 난전에 부부가 쪼그리고 앉아있다. 박스 속에 오글거리는 강아지 한 마리를 선택하기 위해서다. 들었다, 놨다 무게를 느껴보고 이빨까지 살펴보는 남자와 고운 털에 눈이 선한 놈을 고르려는 여자가 첨예하게 대립하고 있다. 영문 모르는 강아지들은 유난스럽다는 듯 저들의 손길에 눈을 감고 무심하다.

그리고 사흘 만이었다. 어렵게 선택받아 입주한 잡종견 동이녀석이 덜컥 앓아누웠다. 외모만 보고 건강하다고, 예쁘다고 데려온 놈의 속사정을 어찌 다 알았겠는가. 도무지 밥을 입에 대려 하지 않았다. 먹을 것을 외면하니 애가 타는 건 바라보는 이들이었다. 두고 온 어미젖이 그리워 며칠 저러다 말겠지 한 것이 사흘. 설사를 거듭하던 둥이의 눈동자가 슬슬 풀리면서 숫제 일어나질 못했다. 서둘러 병원으로 내달렸기에 망정이지 조금만 늦었어도 큰일 날 뻔했다는 수의사의 말을 듣고 부부는 놀란 가슴을 쓸어내려야만 했다.

둥이를 입원시켜 놓고 두 사람 간에 묘한 기류가 흐른다. 불편해진 심기는 서로의 기대치에 한참이나 어긋난 선택이라며 서로 네 탓으로 돌리기에 이른다. 덩달아 싸해진 분위기도 팽창해진다. 뜨겁고 뭉클한 붉은 덩어리 하나씩 목울대로 끌어 올린다. 마침내 숨 가쁘게 도착한 핵폭탄이 입술 포문을 열려는 순간이다. 이때, 재빨리 무기를 꺼내는 쪽이 유리하다. 남자가 잘 갈고 닦은 체면이라는 무기를 잽싸게 꺼내 들었지만, 한발 늦었다. 이미 자존심으로 중무장한 여자가 체면이라는 무기에 상당히 상처를 낸 뒤였다. 마주 선 여자와 남자의 호흡이 거칠어진다. 임계점이다.

모듬살이 생을 사는 인간들의 터전인 가정. 지극히 격정적이고 감성적인 여자와 지독히도 이성적인 남자가 한 지붕 아래 산다. 애초에 태어나기를 완벽하지 못해 조금씩 부족하고 불완전하여 둘만 있어도 필연적으로 갈등하는 게 사람 아니던가. 자존심이라는 명품 무기 하나 생명처럼 여기는 여자는, 감정 기복이 심하다. 잘 웃거나 잘 운다. 그녀가 가진 무기 중 단연 으뜸이다. 감정 표현조차 체면 문제라고 여기는 남자는 그런 여자를 많이 부족하고 헤픈 사람으로 치부한다. 체면이 최고의 무기라 여기는 남자에게는 이해 불가능한 일이다. 반면 여자는 체면이 '밥 먹여 주냐'며 남자의 보물 같은 무기를 사정없이 평가 절하한다. 아예 조선시대나 통했던 녹슨 무기라며 남자의 심기를 건드린다.

그리고 얼마 후 둥이를 잃어버리는 사건이 생겼다. 오동통하게 살이 오른 놈의 활동반경이 넓어져 대문 밖을 넘보던 시기였다. 어둑해지면 대문 단속부터 서너 차례 해야 직성이 풀리는 남자가 일차 대문 단속을 한 직후였다. 한참 호기심이 발동해 대문 밖이 궁금하던 놈이 가만있을 리 없었다. 낑낑대는 놈의 측은지심에 대문을 열어준 여자의 대책 없는 감성이 화근이었다. 깨갱거리는 둥이의 외침소리를 듣고 뛰어나갔을 때는 이미 한발 늦은 뒤였다.

태초에 남녀라는 생물학적 차이를 가지고 태어난 탓일까. 원시시대부터 남자들은 밖에서 얻으려는 본능 때문에 강인함을 내세워 멀리 앞만 보고 사냥했다. 종합적인 판단에 능한 이유였다. 그런가 하면 안에서 지키려는 본능 때문인지 여자는 눈을 돌려 가까운 곳의 많은 색을 받아들이면서 섬세했다. 같은 날, 같은 자리에서도 하나의 실체를 두고 접근하는 남녀의 방식이 다른 이유다.

그런 것들이 그들의 일상에 심각한 불편을 초래하지는 않는다 해도 남녀의 이질감은 날로 깊어갔다. 사소한 일상의 부딪힘은 마침내 별일 아닌 것이 별일이 되어 한계점에서 위기를 맞기도 한다. 냉철함이 부족한 여자와, 감각적이지 못한 남자의 잦은 부딪힘은 마치 끝나지 않을 샅바싸움 같았다. 언제나 갈고 닦은 준비된 무기를 앞세워 으르렁거렸다. 서로의 부족함을 교묘한 수법으로 간섭하는 자와 용납하지 않는 자로 대치했다. 때로는 일부러 일을 그르쳐 상대방을 곤경에 빠뜨리면서까지 한 치 양보 없었다.

애지중지 키우던 둥이를 잃어버리고 잊을 즈음, 근처 인척 집을 방문하고 돌아오던 남자와 여자의 발걸음이 동시에 멈췄다. 지나가는 낯선 남자의 자전거 뒤에 둥이가 타고 있는 게 아닌가. 잃어버리던 그 날, 초저녁 희미한 가로등 밑으로 사라지던 도둑의 뒷모습을 발달된 남자의 좌뇌가 빠르게 회전해 기억해 냈다. 공교롭게도 그 옷을 입고 다시 나타난 남자를 색감이 남다른 여자의 우뇌도 놓칠 리 없었다. 그러나 무엇보다도 꼬리치며 쳐다보는 선한 눈빛의 둥이를 어찌 두 사람이 잊을 수 있을까.

둥이가 다시 집으로 돌아오던 날, 남녀는 오랜 시간 명약처럼 우려먹던 서로의 약점을 인정했다. 그리고 하나가 되었을 때의 소중함은 각자의 몫으로 남겨두기로 무언의 합의에 동의했다. 틈만 나면 기름 치고 날 세우던 명품 무기들도 창고 깊숙이 무한정 넣어두기로 했다.

머리에서 가슴까지가 천리다. 이성과 감성의 합일점을 찾아가는 그 과정 또한 만리다. 자라온 환경과 습관, 성격이 다르니 다툼은 필연적인지도 모른다. 남녀라는 또 다른 너와 내가 완벽한 하나가 될 수는 없다. 다만 서로의 테두리를 이해하고 그 깊이와 넓이를 인정하는 지혜만이 삶을 아름답게 할 뿐이다. 가정도 좌뇌로 계획하고 우뇌로 이끌어간다면 내실 있는 살림살이를 잘 꾸릴 수 있지 않을까. 여기에 무기까지 내려놓고 좌뇌의 합리성과 우뇌의 감수성까지 균형 있게 갖춘다면 금상첨화다.

무
인

찻
집

손
님

풀벌레 소리 자욱한 초저녁. 숲정이에 구애의 세레나데 요
란하다. 밤이 깊어갈수록 암컷의 선택을 받기 위한 수컷들
의 아름답고 우렁찬 소리로 통나무집이 들썩인다. 한여름
배시시 웃던 앉은뱅이 들꽃들의 웃음은 다 어디로 갔을까.
싸그락 싸그락 막새바람에 마른 풀꽃 향기만 가득하다. 밤
이면 푸른 달빛싸라기 내리고, 낮이면 찌그러진 양은 주전
자에 물이 끓는 여기는 서너 평 남짓한 천상의 화원. 주인은
없고 객만 있는 무인 찻집이다.

토옥-톡 산수유 꽃망울 터지는 소리가 아련하게 들려오던
어느 해 봄. 산 중턱 인적 드문 이곳에 귀농을 꿈꾸던 젊은 부
부가 찾아들었다. 매실나무를 심은 지 몇 해가 지나자 정직

한 땅은 그들의 땀에 결실로 보답했다. 마침내 나무는 순하고 아늑한 흙 깊숙이 뿌리를 굳게 박고 새순을 틔우더니 꽃을 피웠다.

산 중턱이 연분홍 치마를 둘렀다. 그 분홍빛 나부낌에 홀린 듯 사람들이 찾아 올라왔다. 봄의 튕김과 흥성거림, 그리고 수런거림까지도 사랑하며 찾아오는 이들이 늘어나자 농장 주인이 배려한 곳이 바로 이곳 무인 찻집이다.

가을이면, 산 중턱에 발그레한 단풍이 비단처럼 깔렸다. 그뿐이겠는가. 가슴 시린 겨울 산의 신음소리까지 즐기려는 사람들의 발길이 숨차게 이어졌다. 그러자 인심 좋은 주인이 아담한 통나무로 비바람 막아줄 작은 공간을 만들어 내놓았다. 누군가 바쁜 농장 주인을 대신해 양은 주전자와 불을 가져와, 차를 끓여 마시며 사색에 잠기는 공간으로 사랑받기 시작하였다. 누가 먼저였을까. 여기저기에 손님들이 놓고 가는 지폐와 동전이 눈에 띄게 늘어나자, 주인은 작은 항아리 하나를 입구에 내놓았다. 그리고 철철이 푸짐한 푸성귀로 그들에게 보답했다.

흔적을 남기고픈 건 생명체들의 본능일까. 내부는 머물다 간 이들의 흔적으로 빼곡하다. 토라져 돌아앉은 것 같은 서너 개의 테이블 위에도, 이빨 빠진 찻잔에도, 찌그러진 의자

다리 사이에도 깨알 같은 글씨가 상흔처럼 남았다. 누군가 남긴 아픔의 흔적에 위로의 댓글이 달렸다. 그리고 그 댓글에 또 다른 이의 공감이 달리면 위로는 배가되었다. 산골 작은 찻집이 그들에게 주는 의미는 무엇이었을까. 즐거움도, 아픔도 서로 나누고 공유하는 따뜻한 공간이기 때문이었다.

그 남자가 배낭에 소주 한 병 넣고 이곳으로 찾아든 것은 지난겨울이었다. 마른나무 뼈에 눈꽃이 피고 검버섯 사이사이로 하얀 꽃은 돋아났었다. 실직의 고통을 차마 가족들에게 알리지 못하고 도망치듯, 집을 나와 출근길이 되어버린 곳이 무인 찻집이었다.

남자가 대학을 졸업하고 야심차게 출발한 직장은 플라스틱 제품을 생산하는 기업이었다. 건실하고 책임감이 강했던 남자는 일찍이 인정을 받아 중책을 맡았다. 그에 부응하듯 회사는 날로 발전했고 그의 신망 또한 높아져 갔다. 그러나 생산이 늘고 흑자가 나면 날수록 쌓여가는 폐기물 처리에는 모두가 뒷짐이었다. 위험한 수위 경고를 알리려 남자는 수없이 상부에 보고서를 올리고 호소했다. 그러나 당장 눈앞의 이익에 급급한 이들의 무관심으로 남자의 외침은 메아리만 되어 돌아올 뿐이었다.

그것은 예견된 사고였다. 허술하게 처리한 폐기물이 온전할 리 없었다. 빗물에 범람하고 만 것이었다. 결국 서슬 퍼런 환경오염이라는 법 앞에 남자는 책임자라는 이유로 제물로 바쳐졌다. 가혹한 형벌이었다. 그렇지만 다시 받아주겠다는 회사와의 약속을 굳게 믿고 철창 속의 긴 시간도 마다하지 않았다. 그러나 다시 돌아온 그를 회사는 무슨 연유에선지 싸늘하게 외면했다. 남자는 그의 어리석은 선택이 가족의 고통으로 이어진 현실 앞에 절망했다.

소주 한 병으로 빈속을 달래며 헤매기를 얼마나 했을까. 해가 지면 다시 돌아와 옷을 갈아입은 뒤 퇴근하기를 며칠이나 했을까. 마침내 빼곡한 사연들을 읽으며 조금씩 마음을 다독였다. 어디에도 원망과 절망이라는 말은 없었기 때문이었다. 긴 시간, 그가 노여움과 어리석음을 내려놓고 용서라는 단어를 새기며 그곳을 나서던 날. 시월 상달 하늘에는 구름 한 점 없었다.

우리네 삶이 그렇듯, 살아온 삶과 살아갈 삶은 시간의 흐름 안에서 부침을 거듭한다. 그럴 때 누군가에게 위로와 힘이 되어 주기를 바라는 눈길을 보내 본 적 있는가. 그럼에도 상대에게 받을 수 없어 이내 촉촉해지고 절망으로 변하는 눈빛이 되어 본 적 있었던가. 그때 생각지도 못한 곳에서 전혀 다른 모양으로 다가왔다가, 서로의 배면을 드러내면서 공감하거나 위로받는 경우가 종종 있을 것이다. 그 대상이 무엇이든 긴 터널 끝에 하얗게 밝아지는 빛을 보고 비좁게 맺혀 있던 가슴 안쪽이 열렸다면, 마음 붙일 곳 없는 세상 이보다 더 좋을 순 없다. 무인 찻집이 사랑받는 이유다.

남자가 앉았던 소파에 심신을 드리우고 앉는다. 찌그러진 양은 주전자에 물을 끓인다. 보글보글 주전자를 탈출하려던 수증기를 문밖에서 기다리던 소슬바람이 잽싸게 채간다. 누군가가 가져와 마시다, 또 다른 누군가를 위해 놓고 간 이름 모를 차 한 잔을 마신다. 바람이 쏴아-하고 숲을 흔든다. 불어오는 나무 향보다 남기고 간 사람 냄새 더 향긋하다.

목
사
리

'개를 찾습니다.' 식당 유리창에 개를 찾는다는 종이가 붙어있다. 사례금까지 적시해 놓은 주인의 간절함에 다가가 본다. 대박이다. 쫑긋한 두 귀에 동그란 눈, 짧은 다리에 바짝 말려 올라간 꼬리, 희고 까만 털이 덮인 대박이의 목에 걸린 굵은 목사리가 애처롭다.

대박이는 우리 옆집 업둥이 개다. 언제부턴가 고기집을 하는 출입문에 웅크리고 있는 개 한 마리를 거두어 주면서 붙인 이름이다. 어디서 온 누구네 개인지는 아무도 모른다. 그 저 희미하게 남은 윤기 있는 털이며, 촉촉한 눈망울로 누군가와 눈을 맞추려는 것으로 봐 떠돌이 개는 아닌 듯 보였다. 사랑을 주고받은 흔적들이다. 어쩌다 길을 잘못 들어 집을 잃어버렸는지, 버림받았는지. 주린 배에 피골이 상접한 몰골이 안쓰러웠다. 그날부터 인정 많은 옆집 사람들은 배불리 먹여주면 기운 차려 돌아가겠거니 하면서 잠시 돌봐주었다. 그러나 며칠이 지나도 찾으러 오는 이도 없고, 돌아가려는 기미조차 보이지 않자 대박이라는 이름을 지어주며 거두었다.

다행히 대박이가 찾아든 집은 따뜻한 잠자리와 넉넉한 음식이 있었다. 살뜰하게 보살피는 가족들의 정성도 있었다. 기운을 차린 뒤 목욕재계한 대박이의 모습에 자꾸 웃음이 나왔다. 쓴맛 없고 찌꺼기 남지 않는 웃음이다. 자세히 들여다보니 까만 귀와, 실룩대는 촉촉한 코도 앙증맞다. 그러나 간간이 초점 없이 흔들리는 눈동자엔 방황의 빛이 역력해 보였다.

차츰 녀석의 몸에 살이 오르자 이목구비도 또렷해졌다. 이웃들의 시선과 관심이 많아질수록 붙임성 좋은 녀석의 꼬리 흔들림도 더욱 빨라졌다. 지난날을 죄다 잊은 듯, 대박이는 그렇게 본분의 자세로 돌아가 집 지키기에 열중했다. 오지랖도 넓어 동네 곳곳을 기웃거리며 영역관리에도 열심이었다. 부지런한 수컷들의 들락거림도 많아져 식당 앞은 동네 개들의 집합소가 되었다.

그랬던 대박이가 사라졌다. 여러 날이 지나도 돌아오지 않았다. 이상할 일도, 실망할 일도 아니었다. 모두들 이제야 제 집을 찾아갔거니 했다. 그렇게 사람들의 관심에서 대박이의 존재도 잊힐 때쯤, 예전의 그 초라한 모습으로 대박이는 다시 우리 앞에 나타났다.

가출의 대가는 목사리였다. 추위와 굶주림에 헤매는 대박이를 더는 두고 볼 수 없다며 주인은 대박이의 목에 목사리를 걸었다. 하지만 녀석은 완강히 거부했다. 목사리를 거칠게 흔들며 식음을 전폐하면서 짖어댔다. 나는 시장 가던 길에 쪼그리고 앉아 대박이와 눈을 맞추었다. "괜찮아 대박아." 목사리로 세상과 격리된 슬픔일까. 아니면 누군가를 기다리는 간절함일까. 대체 무엇이 녀석을 기름진 음식과 따뜻한 보금자리에 정착하지 못하게 하는 것일까. 누군가로부터 잊히는 슬픔이, 아직도 혼자라는 외로움이, 아니면 버림받아야 했던 아픔은 아닐까. 녀석이 저토록 찾아 헤매는 것이 무엇인지 알고 싶었다. 그때 대박이의 마른 젖꼭지에 얼룩진 물기에 눈길이 갔다. 얼마 전까지도 젖을 물린 흔적이 분명했다. 나는 대박이의 목사리 고리를 링 두 개의 간격에 옮겨 놓고 일어났다.

헐렁해진 목사리를 빼고 대박이는 다시 사라졌다. 그렇게 대박이의 가출은 빈번했다. 우연히 찾아든 개 한 마리를 작은 사례금까지 내 걸고 찾는 옆집 아저씨와 그때마다 몰래 목사리를 옮겨 대박이의 가출을 도와주는 나의 숨바꼭질은 오래도록 계속되었다. 그러나 한 번도 대박이를 데려와 사례금을 받아간 이는 없었다. 전단지의 가장자리가 너덜해질 때쯤, 어김없이 대박이는 제 발로 들어왔기 때문이었다. 때로는 풀이 죽은 모습으로, 때로는 앙칼지고 포악해진 모습으로 변해서.

어느 날 목에 큰 상처를 입고 돌아온 대박이는 짖지 못했다. 어느 집 힘센 놈의 밥그릇을 넘보다 물렸는지, 아니면 영역을 잘못 들어 입은 상처인지 꽤나 깊었다. 피를 흘리며 눈을 꼭 감고 대박이는 며칠을 앓았다. 병원을 오가는 아저씨도 지쳐갈 무렵 대박이는 아저씨가 내미는 목사리에 목을 길게 빼 밀었다. 앙칼지게 거부하던 예전의 대박이가 아니었다. 주어진 현실에 조용히 순응한다는 체념의 눈빛이었다. 그리고 나도 더 이상 대박이의 가출을 돕지 않았다.

우리의 삶은 때로는 누군가의 목사리가 되기도 하고, 누군가에게 걸기도 하면서 살아간다. 자의든 타의든 목에 걸어야만 목사리는 아니다. 가끔은 고단한 삶이 무거운 목사리로 다가와 느껴질 때가 있다. 혈연이라는 혹은 인연이라는 질긴 목사리가 그 무게를 가중시키기도 한다. 그러나 그 짊어진 목사리를 벗어던질 용기와 상황이 아니라면 순응하고 인내하며 이겨낼 지혜만이 필요할 뿐이다. 그 고통이 아픈 상처로 남는다 해도 또 다른 내 삶의 원동력이 되어 강한 일상을 만들 수 있기 때문이다. 한층 낭랑해진 대박이의 짖는 소리가 골목의 아침을 깨운다.

겨울나무의 노래

냉기를 하얀 빛으로 결빙시키는 겨울 한낮. 창가에 앉아 점점이 날리는 하얀 눈을 본다. 떨어지는 눈송이 하나하나에 가느다란 줄을 그리며 한순간 고즈넉한 망념에 젖는다. 일순 흐린 현실에 노곤하던 삶의 근골筋骨이 느슨해진다. 화려하지도 세련되지도 않은 블루스곡이 잔잔히 다가와 옆자리에 앉는다. 카페 안에 가득한 커피 향은 겨울나무 속살을 더듬듯 소멸해 가는 내 기억을 더듬는다.

치열하게 한 생을 마무리하고 홀로 서 있는 창밖의 겨울나무를 본다. 거리는 물도, 땅도, 바람도 서로 흐르듯 공존하고 있다. 칼바람 앞에선 저 나무 역시 무관심도 격절隔絶도 아닌 채로 오직 봄을 향한 일념 하나로 나직이 노래하고 있을 뿐이다.

실내는 어느새 블루스가 간 자리에 재즈가 와 앉는다. 평상 위에서 푸성귀를 다듬으며 흥얼거리던 할머니의 그 음률과 가락의 여운이 블루스라면, 욱신거리는 팔다리가 내뱉는 신음과 어머니의 허한 한숨 같은 곡이 재즈다. 모두 속으로만 내지르듯 부르는 겨울나무의 탄식 같은 소리다. 눈 내리고 바람 부는 강가에서 '나는 참을 수 없이 힘들고 아프다.'라고. 이 겨울 더 춥고 외로운 존재들이 외치는 속울음을 대신 들려주는 것 같다.

입춘첩立春帖을 붙인 지 여러 날 지났건만 남은 추위의 기세가 만만찮다. 봄의 기운이 쉬이 겨울의 음기를 물리치지 못하고 머뭇거리는 모양이다. 봄을 짝사랑하는 여름에게 겨울이 오랫동안 품어 온 봄을 쉽게 내놓을 리 만무하다. 겨울 끝자락에 봄을 기다리는 이 시간은 위압감도 막막함도 없는 공간처럼 느껴진다. 뭔가 만들어지기 직전에 오르는 열감이랄까. 스스로의 분명한 정체를 드러내 과시하려는 듯한 어슴푸레한 공명 같은 시간이다. 마치 채워지기 이전이거나 채워져 있다가 비워진 공간이 분명하다.

겨울의 끝자락이 녹록지 않다. 모두가 어떤 특별한 순간을 목 빠지게 기다리며, 들리지 않는 곤고困苦한 노래를 부른다.

그리고 조용히 겨울눈을 키우며 다가올 화려한 봄을 꿈꾼다.

언젠가 겨울 숲에 든 적이 있었다. 순백의 자작나무 숲이었다. 하얗게 반짝이는 자작나무는 눈 덮인 숲에서 찬바람에 긁히듯 씻긴 부드러운 하얀 수피를 드러내고 있었다. 까마귀가 나뭇가지에 앉아 홀로 먼 곳을 응시하며 울고 있었다. 마치 삭풍을 맞는 하얀 나신들의 아픔을 대신하듯 차갑게 냉각된 소리였다. 고독이 하도 깊어 외려 독보적인 공격성까지 겸비한 듯 들렸다. 또렷하고 진하게 우려낸 슬픔의 응결체의 끝이거나, 시작을 알리는 겨울나무의 속울음 같기도 했다. 한기寒氣 가득한 겨울의 나목과 새카만 듯 창백한 계면조界面調의 수리성에 가까운 까마귀의 울음소리. 그 소리는 여느 새와 다르게 맑지는 않았지만 우렁찼다. 중저음으로 목젖을 긁어 대는 탁음이었지만 신비했다. 녹록지 않은 겨울 삶을 이어가는 이들을 대신해 부르는 겨울나무의 노래에 까마귀가 추임새를 넣으며 함께하고 있었다.

재즈가 간 카페는 뽕짝이 채우고 있다. 흥겨우면서도 서글픈 가락이다. 목울대를 부드럽게 비틀어야만 가능해지는 소위 꺾기 창법의 진수 곡이다. 절로 목울대가 비틀려 내지르는 난분분한 음률이다. 겨울나무의 휘파람을 닮았다.

거리는 어느새 하얀 눈 세상이다. 배배 틀며 춤추듯 내리는 눈송이가 뽕짝 리듬에 경쾌하다. 차가운 눈이지만 왠지 따뜻하고 포근하게 느껴진다. 마음이 하얗게 설렌다.

겨울나무의 노래는 겨울의 긴 터널을 지나는 이들을 향한 절절한 삶의 노래다. 시린 생生을 살아가는 이들을 대신해 부르는 노래다. 나뭇가지의 겨울눈이 종교처럼 봄을 믿고 있듯, 언 대지의 살아있는 것들은 살아서 눈 뜰 것이라며 소리 죽여 부른다.

치열하게 한 세상 사는 건 식물이나 사람이나 다르지 않다. 겨울에도 언 땅 깊숙이 뿌리를 내리고 나이테를 한 켜 더 두르며, 다가올 봄을 준비하고 있는 겨울나무다. 치열하지 않고서는 아름다운 삶을 만들 수 없다는 생존전략을 겸허히 실천 중이다. 나무가 사람들에게 사랑받는 것은 단순히 꽃과 열매를 맺기 때문만은 아니다. 치열하게 살아가기 때문이다. 블루스, 재즈, 뽕짝이 간 자리에 겨울나무의 다음 노래가 궁금해진다.

돗바늘

손가락을 찔렸다. 따끔함을 느끼는 순간, 송골송골 피가 맺혔다. 베갯잇을 꿰매다 잠시 방심한 사이 가슴 깊숙이 왔다 가는 짧은 통증. 하얀 실을 귀에 걸고 검지 밑을 파고드는 작은 바늘의 날카로움에 놀란다. 어설픈 솜씨에 허둥대다 찔리고 보니 바늘귀에 조심이라는 실이 걸려 있지 않았음을 뒤늦게 안다.

어머니 곁에는 바늘쌈이 있었다. 한 폭의 수묵화처럼 각인된 그 모습은 늘 바늘과 함께였다. 한 획, 한 획 담담하게 쌓는 먹빛의 수묵화에 붓이 있다면 식솔들을 위해 한 땀, 한 땀 정성스럽게 이어가던 어머니 손에는 바늘이 있었다. 간결한 선과 은은한 색채가 수묵화에 담기듯, 철철이 방마다 펼쳐

지는 이불 홑청과 베갯잇에 꽃을 피워 올리고, 나비를 날아
올렸다. 머릿밑을 쓱쓱 문지른 후, 일정한 간격으로 어머니
의 야무진 손끝을 따라다니던 바늘. 길거나 짧거나, 굵거나
가늘거나 들숨에 근심 걸어 한 땀, 날숨에 사랑 걸어 한 땀씩
꿰던 여인네들의 숙명 같은 물건이었다.

강 건너 갈대밭에 대규모 공단이 들어섰다. 갑자기 밀려드
는 외지 사람들로 도시는 순식간에 팽창해졌다. 변두리 동
네도 술렁거렸다. 달구지만 다니던 신작로는 공단으로 출퇴
근하는 자전거의 행렬로 자욱하게 먼지가 일었다.

불안해진 건 과년한 딸을 둔 부모들이었다. 어머니 역시
예외는 아니었다. "이 작은 게 무슨 힘이 되겠냐마는 그래도
의지가 될지 모르니 가지고 다녀라." 어머니가 내민 것은 뜻
밖에도 바늘쌈에 있던 돗바늘이었다. 딸의 늦은 귀가 시간
을 애태우던 어머니가 궁여지책으로 생각해 낸 것이었다.

가방 속 바늘의 존재조차 희미해져 가던 어느 늦은 하굣길
이었다. 어둠이 내려앉은 신작로에 냉기 머금은 부슬비가 내
리고 있었다. 으스스 한기가 들었다. 마을의 불빛은 멀리서
가물거리고 서두르는 발걸음은 휘청거렸다. 인기척 하나 없
는 춥고 어두운 길에 혼자라는 두려움이 엄습해왔다. 그때였
다. 덜컥거리며 따라오는 자전거 소리가 들렸다. 언제 꺼냈

는지 나도 모르게 손에 돗바늘을 쥐고 있었다.

소리가 가까워질수록 등 뒤로 느껴지는 어떤 실체 없는 공포감이 옥죄었다. 그리고 곧 닥칠 막연한 두려움으로 온몸이 후들거렸다. 뒷골이 써늘해졌다. 설핏 어깨를 스치듯 와닿는 느낌이 든다는 순간, 바늘을 움켜쥔 손이 사정없이 허공을 갈랐다. 비명과 함께 넘어지는 소리를 뒤로하고 달렸다.

이튿날 우물가에 나갔던 어머니의 안색이 하얗게 질려 들어왔다. "세상에 이럴 수가 옆집 총각이 틀림없어." 다리에 깁스하고 절뚝거리며 나타난 이는 다름 아닌 옆집 섭이 삼촌이었다. 서른이 다 되도록 변변한 일자리 없이 형님네 얹혀사는 섭이 삼촌을, 동네 사람들은 반듯하고 예의 바른 청년이라고 했다. 어떤 경우에도 배신할 사람이 아니라고 믿었던 사람이 뜻밖에 섭섭하게 했을 때, 그 상처는 더 깊고 오래가듯 어머니의 충격도 그러했다. 어제저녁 자전거를 타고 오다 넘어져 다쳤다는 섭이 삼촌을 어머니는 지난밤의 그로 단정하는 것 같았다.

그날 이후 어머니는 섭이네로 향하는 모든 문을 걸어 잠갔다. 보이지 않는 마음의 높은 담을 쌓아 버렸다. 돈독했던 두 집의 신뢰는 무너지고 상처라는 이름으로 침묵 속에 갇혔다. 그리고 심증으로 생긴 의심은 또 다른 의심을 낳는 악순

환을 거듭하면서 모두를 힘들게 했다.

영문을 모르는 섭이네는 하루아침에 대화를 단절한 이웃에 무척 당황해하는 눈치였다. 시간이 갈수록 어렴풋이 무슨 낌새를 챈 것 같았지만 말이 없었다. 어색한 침묵의 냉기는 오랫동안 걷히지 않고 두 집안을 더욱 혼란스럽게 했다. 그러나 섭이네는 섭이 삼촌의 결백을 굳게 믿고 상대의 오해를 침묵으로 기다려 주는 듯 보였다. 시간이 흐르면서 어머니는 뭔가 잘못되어 가고 있음을 느끼기 시작했다. 그리고 잘못 넘겨짚은 오해였음을 알았을 즈음, 섭이 삼촌은 직장을 찾아 마을을 떠났다.

바늘 하나가 모두에게 씻을 수 없는 상처를 남기고 말았다. 어둠의 공포에 예민해진 내 어설픈 착각임을 알았지만 이미 늦은 뒤였다. 한 식구처럼 정으로 살았던 옆집 사람들을 위해 조용히 지켜보다 떠난 섭이 삼촌. 침묵으로 자신의 결백을 보여주었던 그의 깊은 속내를 알고는 후회했다. 어머니는 바늘 하나 때문이었다며 두고두고 모두에게 미안해했다. 그리고 나도 그 후론 돗바늘을 가지고 다니지 않았다.

실을 걸고 땀으로 이어주는 바늘 본연의 의무. 모든 바늘이 다 찢어진 곳을 꿰매고, 맵시 있는 옷을 지어내며 아름다운 수만 놓지는 않는다. 인간관계 또한 이와 별반 다르지 않다. 흉기만이 폭력 행사에 사용되는 것은 아니다. 와글와글 마구 휘두르는 댓글이라는 무서운 흉기도 있고, 부드러운 세 치 혀가 흉기가 되어 상대를 죽음에 이르게도 한다. 모두 흉기인 셈이다.

눈은 마음의 창을 열어 감정을 정화시킬 일이고, 누군가를 기분 좋게 할 입이어야 한다. 감동을 주고받는 편리한 문자여야 하듯, 편리함을 위해 사용하는 일상의 작은 바늘도 잘 못 사용하면 흉기가 된다. 지극히 평범한 그 진리를 망각했던 그때, 우리는 이웃에 믿음이라는 실을 걸고 바라보았어야 했었다.

동반으로 살아가야 할 세상이다. 그때처럼 아직도 내 마음속의 바늘이 가족과 이웃에게 상처를 주고 있지는 않은지. 혹 그 상처가 깊어 아직도 헤진 가슴으로 사는 이가 있다면 오늘, 이 바늘에 용서라는 실을 걸어 꿰매 보리라.

고
방

산골의 밤은 눈이 시리도록 차갑다. 투명한 별빛이 천지사방 가득하다. 청백색의 신비로운 빛은 초가지붕에도, 섬돌 위 툇마루에도, 마른 꽃대 위에도 스며들어 있다. 그 포근하고 푸른 밤이 어머니의 다듬이 소리로 깊어간다.

똑딱! 똑딱! 가락 치는 소리가 고삿길을 휘돌아 산허리를 타고 넘어가면 밤은 골짜기에서 마을로 내려와 이슥해진다. 이때쯤 한숨 곤하게 자고 일어나 부스럭거리는 우리를 어머니는 차례로 요강에 앉혔다. 게 눈 감추듯 쓸어 넣었던 보리밥 한 그릇을 요강 속으로 내려보내고 어머니 곁으로 모여들었다. 제비 새끼처럼 입 벌리고 쳐다보는 어린것들을 당신은 다시 이불속으로 밀어 넣고 고방으로 향했다. 그 뒤를 배고픈 초승달이 따라가곤 했다.

귀때기 새파래진 찬바람을 앞세우고 어머니가 들어오셨다. 별빛 가득한 소쿠리에는 고욤 한 사발과 무가 담겨있었다. 지난가을, 뒷산 양지바른 산기슭에서 따다 재워둔 고욤을 보자 입안에 금방 시큼한 침이 고였다. 고방 지푸라기 밑에서 싹이 자란 달싹한 무도 긴 겨울밤 허한 배를 채워주던 좋은 먹을거리였다. 구멍 뚫린 내복 속으로 오소소 파고드는 한기에 잠은 저만치 달아나 버린다. 들큼하고 알싸하고 슴슴하면서도 저마다 감칠맛 나는 주전부리를 내어주던 유년의 고방이었다. 두어 평 남짓했던 그곳은 어린 우리들에겐 흥부의 박 속 같은 보물창고이기도 했다.

광이나 곳간보다 고방이라는 말이 더 친근하게 느껴지는 것은 그만큼 아련하고 애틋해서이리라. 경상도 사투리인 고방은 단칸 짜리 주택에서 창고의 기능을 하는 방이었다. 광이나 곳간보다 규모가 작아 가난한 서민을 상징하는 이름이었다. 저마다 모양과 크기가 다르긴 해도 주로 곡식이나 온갖 자질구레한 물건들을 넣어두었다. 소작농의 형편이 다 그렇듯 따로 곳간을 지어 채울 곡식도 없었다. 오랫동안 보관할 먹을거리가 많았던 것도 아니었다. 잡다한 농기구는 외양간 한쪽 헛간에 보관하였기에 그저 안방과 부엌 옆에 딸려 들락거림이 쉬웠던 그곳을 고방으로 쓴 것인지도 모르겠다.

독에는 주로 알곡이 담겨있었다. 항아리에는 새콤한 맛이 나는 고욤 청시를 재어두어 겨우내 퍼먹을 터였다. 고방은 늙은 호박의 단내와 말린 산나물 향기로 가득했다. 지난가을 덕석과 멍석에서 말린 잡곡들은 멱서리에, 내년 봄에 들로 나갈 종자들은 삼태기에, 호박오가리와 무말랭이는 둥구미와 함지박에 담겨 긴 동면에 들어갔다. 쌀독 옆에 정체 모를 낡은 질동이 하나도 있었는데 끼니때마다 어머니는 쌀을 몇 줌 덜어 그곳에 담아두었다. 절에 가져갈 시주를 모으기 위해서였다. 장날 가끔씩 할아버지가 들고 온 마른 생선 두어 손이 손님으로 합세하기도 했지만 그리 흔치는 않았다. 반갑지 않은 불청객도 있었으니 틈만 나면 구멍을 뚫고 등장하는 쥐였다. 쥐들의 분탕질이 밤새 이어지는 날엔 하얗게 밤을 새우기도 했다.

고방은 내 유년의 친구였다. 마른버짐이 허옇게 핀 얼굴도, 잘 자라지 않는 키도 어머니 탓으로 돌리며 애꿎은 원망을 했다. 그때마다 시위하듯 고방으로 숨어 들어가 뭔가 마구 억울해 훌쩍거렸다. 어떨 땐 어둑할 때까지 고방 구석에 쪼그리고 앉아 있다 잠이 들기도 했다. 낮에는 봉창으로 스며든 햇볕 때문에 아랫목처럼 포근했고, 밤이면 바자울에

서성이던 달빛이 이슬을 털어놓고 갔다. 환기와 채광을 위해 달아놓은 작은 봉창 두 개가 바깥과 소통했다. 낡은 판자문 걸고리의 열쇠는 구부러진 녹슨 숟가락이 대신했는데 바람이 불 때마다 잘그락거렸다. 까닭 없이 외롭거나 슬프거나 할 때면 고방은 유일한 친구가 되어 주었다.

가문 논에 물 들어오듯 가끔씩 고방이 차는 일도 있었다. 어머니의 바느질 일이 많아질 때였다. 그러면 어린 우린 괜스레 배가 불렀다. 그러나 그것도 잠시 고방은 다시 비워졌고 빈 고방을 보면 다시 배가 고팠다. 결혼하여 대가족의 살림을 꾸려가면서 그때 어머니의 고방이 물큰 다가오는 것은 왜일까. 어려운 살림살이에 어머니는 우리들 몰래 얼마나 많은 날들을 고방 안에서 혼자 앉아 걱정했을까.

불현듯 고방이 생각날 때가 있다. 삶이 지치고 힘이 들 때면 어린 시절 고방이 그리워진다. 가서 한참을 쪼그리고 앉아 있으면 설운 생각, 외로운 생각들도 다 없어질 것만 같아진다. 팍팍한 살림살이 고민이며 자식 걱정도 다 덜어줄 것 같다. 내어주고서도 더 내줄 게 없나 애를 태우던 고방은 결핍의 장소였지만 어머니의 사랑만은 차고 넘쳤다. 고방의 봉창으로 스며들던 달빛이 베란다 가득 밀려든다.

빗장을 위하여

　빗장 구멍이 어긋났다. 위아래로 삐끗해진 두 개의 구멍은 서로 '네 탓 인양' 철대문의 빗장을 완강히 거부하고 있다. 영문도 모른 채 대문은 덜커덕거리며 바람에 채이고 멱살을 잡히면서도 닫히지 못하고 있다. 치켜 올라간 구멍은 처진 구멍에 올라오라 하고 내려앉은 구멍은 올라앉은 구멍에 내려오라 배짱이다. 마치 거대한 지구를 떠받치고 있는 어떤 두 힘이 균형을 잃고 대치하는 형국이다. 대문을 닫을 수 없으니 애가 타는 건 제 역할을 못하는 빗장이다. 외부세계와의 완전함에 맞설 수 있도록 인간에게 주어진 특별한 공간인 집. 빗장을 걸지 못하는 그 집이 왠지 불안하다.

　낡은 철 대문이 내려앉고 말았다. 한때는 은회색이 주는 은은함으로 좁은 골목을 빛냈던 대문이었다. 길 잃은 바람마저 따뜻하게 흩고 지나갔었다. 사이좋았던 두 구멍은 매끄럽게 빗장을 받아 걸어 가정이라는 울타리를 철통 방어했다. 튼튼하고 든든했다. 먼 길 갔다 마침내 당도한 유년의 내 집 삽짝 안에 들 때의 느낌을 주기도 했다. 그러나 시간이 흐르면서 페인트는 벗겨지고 녹이 슬더니 조금씩 삭아 내렸다.

장석마저 녹에 속수무책 어그러졌다. 마침내 뒤틀어지면서 두 구멍의 높낮이 밸런스는 더 벌어지고 말았다. 억지로 두 문짝을 연결해 빗장을 걸라치면 고약한 소리를 내면서 저항하는 듯했다. 대립각을 세우며 날카롭게 충돌하는 부부싸움 같기도, 돼지 멱따는 소리 같기도 했다. 설상가상 견디던 한쪽마저 주저앉았다. 풍치에 흔들리는 이빨처럼 장석이 대문 틀에서 이탈하자 흔들리기 시작했다.

서로 네 탓이라며 제자리를 찾아들지 못하는 두 구멍을 바라보는 빗장의 마음은 어땠을까. 깨지기 쉬운 사랑의 속성 앞에서 갈등하는 연약한 갈대를 봤을까. 받은 상처는 잦고 깊으며 준 상처는 드물고 얕다며 서로 대립하는 구멍에 혀라도 찼을까. 아니면 우리 사이가 나쁘니 협조할 수 없다는 구멍에 실망이라도 했을까.

별일 아닌 일이 별일이 되는 게 부부싸움이다. 단초는 지극히 사소한 것에서 시작되는 경우가 많다. 인간 언행의 가장 근본적인 동기는 감정이다 보니 그 친밀한 대상의 감정을 흔들면 싸움이 된다. 서로의 감정에 상처를 내고 입히다 보면 감각이 둔화되고 경직되어 결국에는 별일이 되고 만다. 대화는 단절되고 집안에 불안한 냉기류를 형성한다. 곧 그 화는 나를 마비시키고 왜곡시키기에 이른다. 전염성도 강해 상대방과 가족에 빠르게 전염된다. 이럴 때 두 사람을 연결해주는 빗장 같은 존재가 자식이다. 강한 독성을 중화시키는 중화제다. 위아래로 일그러져 삐꺽거리는 두 문짝의 구멍을 나란히 제자리로 돌려놓는 마법 같은 존재이기도 하다.

이렇듯 구멍과 빗장의 관계처럼 자식의 존재도 갈등만 하는 부모 곁에서 온전한 성장을 장담할 수 없다. 상처 없이 자란 나무가 울창한 사회라는 건전한 숲을 이루듯, 화목한 가정의 따뜻한 자양분만이 자식이라는 튼실한 나무로 성장시킬 수 있다.

대문 수리를 위해 공업사에서 사람이 왔다. 아저씨는 대문 틀에서 두 짝을 뜯어낸 뒤 구멍의 평행을 맞춰 빗장부터 걸었다. 마치 얌전하게 나란히 있으라고 나무라듯 툭툭 쳐 녹 부스러기를 털어 냈다. 찌그러진 낡은 장석을 교체하고 틀어진 대문 틀을 바른 뒤 용접을 하고 대문을 걸었다. 속도와 효율에 길들여진 전문가의 손놀림에 대문은 감쪽같이 제자리로 원상 복귀했다. 공존공생의 감도가 떨어져 삐거덕거리던 두 구멍도 단단하게 걸린 빗장의 힘에 눌려 조용했다. 불평불만으로 투덜대던 시간은 지나고 이제는 함께 견뎌야만 하는 시간 앞에 숙연해진 모습이다. 희망의 향방만 가늠하며 살자고 약속했던 초심을 되새기고 있는 것처럼도 보였다.

반듯해진 모습에 빗장까지 걸린 대문을 본다. 녹이 슬어 푸석하니 볼품없지만 여느 집 단란한 가족을 보는 것 같다. 시간이 지나면 절기가 변하듯 세상사 언제나 봄이겠으며 또 언제나 겨울만이겠는가. 겨울을 거치지 않고 찾아오는 봄이 없듯 다툼 없이 사는 부부가 어디 있으리. 그러나 한 존재에 대한 사랑은 서로 마음을 마주할 때 이루어진다. 마주하는 순간은 믿음과 존중의 시간이다. 그 존중과 믿음 사이엔 자식이라는 빗장의 연결 고리도 있다. 빗장이 열린 대문은 정글 같은 밖이다. 해가 지면 부모들은 어둑해진 골목길을 서성이며 그 자식들을 대문 안으로 들인 뒤 빗장을 건다. 가정의 하루치 안녕이 완성되는 순간이다. 빗장이 걸려야 가정이라는 울타리가 온전히 보호받듯 자식이라는 빗장은 대문 안에서 보호받기 때문이다.

$$\frac{4}{}$$

품의 도량

숲, 내 머리 위의 자화상

도끼빗을 들고 거울을 본다. 푸석하게 언 땅 같은 머리 위에 널브러져 누운 반백의 머리를 만난다. 메마르고 거칠어진 내 삶의 흔적이다. 굵은 빗살이 머리 밑 깊숙이 들어가 부실한 뿌리를 일으키려 애써보지만 서지 않는다. 급한 마음에 드라이기의 뜨거운 열기를 들이댄다. 화들짝 놀라 일어나던 머리카락이 바닥으로 떨어진다. 내지르는 단말마의 비명이 애처롭다. 저 황량한 산등성이 어디쯤에 나는 서 있는 걸까.

드라이기를 내려놓고 화장대 서랍을 연다. 깊숙이 손을 넣어 까만 봉지 하나를 꺼내 들고 망설인다. 헤어 보톡스[가발]다. 작년 봄 단짝인 친구가 숭덩숭덩 비어가는 내 머리 밑을 걱정하며 권했었다. 손사래 치며 몇 번이고 거절하다 또래들보다 늙어 보인다는 말에 용기를 냈다. 그런데 왠지 금지된 물건을 몰래 산 기분이 들어 서랍 깊숙이 넣어두고는 잊고 지냈다. 그러던 어느 날 중요한 자리에 나가는 친구가 숱이 없는 머리 걱정에 밤잠을 설쳤다는 얘길 듣고 빌려준 것이 외출의 시작이었다.

이 사람 저 사람 머리 위에서 멋 맞추느라 고단했던 모양이다. 축 늘어진 헤어 보톡스를 선잠 깬 아이 요강에 앉히듯, 툭툭 털어 머리 위에 얹어 본다. 여자에게 자신감을 더해주는 마법 같은 물건이라며 극찬하던 친구 말대로다. 물결치듯 풍성한 자연갈색의 웨이브가 머리 위에서 출렁인다. 내세울 것 없는 미모가 한층 돋보이지만 겉으로만 탐스럽고 아름다울 뿐이다. 코끝에 걸려 향기롭고 손에 잡혀 촉감이 좋았던 오래전 내 머리 위의 숲은 아니다.

숲을 가꾼 것은 꾸밈과 질박함이 조화를 이룬 어머니의 투박한 손이었다. 까까머리 아들 다섯을 내리 낳은 뒤, 어머니는 느지막이 얻은 딸의 머리 만지는 잔재미에 빠져 살았다. 내 소유지만 실제 당신의 것인 양 장날이면 하나둘 사다 모은 핀과 머리띠가 야금야금 어머니의 빗접을 점령했다. 양지바른 장독대 옆이라도 좋았고 온기 남아있는 아궁이 앞이라도 좋았다. 나는 어머니가 부르면 어디든 달려가 무릎 위에 머리를 내주고는 잠이 들었다. 그때마다 어머니는 자분자분 태고의 신비한 숲을 뒤져 몰래 자리 튼 서캐를 찾아내고 콧노래 섞어 참빗 곱게 빗어 주었다. 그때 내 머리 위의 숲은 꽃 피고 새 우는 봄이었다.

중학교에 들어가면서 부드럽게 찰랑이던 긴 머리를 자르고 단발머리를 했다. 어머니는 고무줄 대신 가위를 들고 게슴츠레한 실눈으로 귀밑 3센티미터 길이를 고르느라 노심초사했다. 수많은 어머니의 손길이 머물다 간 숲은 더욱 푸르렀고 내 영혼은 그 속에서 참으로 안온했다.

풍부한 자양분과 푸른 빛 이끼 품은 숲을 시샘이라도 했을까. 숲을 노리는 불청객은 서캐만이 아니었다. 얼굴에 허연 버짐이 생겨 번지더니 정체불명의 종기가 머릿밑을 덮었다. 좋다는 약을 구해 바르고 먹어 보았지만 소용이 없었다. 어머니가 할 수 있는 일은 약을 바르고 진물에 엉킨 머리카락을 자르는 일밖에 없었다. 아름다운 숲이 사라진 자리에 숭덩숭덩 파이고 일그러진 흉한 민둥산이 드러났다.

동네 가까운 문중 산에 불이 난 것도 그 무렵이었다. 수십 년 된 아름드리나무들이 하루아침에 잿더미로 변해 버렸다. 울창한 숲이 사라지자 문중의 큰 어른이셨던 할아버지는 몸

져누우셨다. 그 바람에 까만 보자기를 뒤집어쓰고 볼이 부어 다니는 내게 누구 하나 위로해주는 사람이 없었다. 무지갯빛 꿈을 꾸던 내 머리 위의 숲도 울창한 문중 산의 사라진 숲도 깊은 시름에 잠겼다.

자연의 섭리란 때를 그르지 않았다. 봄이 되니 잿더미 속에서도 새싹이 고개를 내밀었다. 말라버린 나뭇등걸에 새순 틔우듯, 흉하게 일그러진 내 머리에도 머리카락이 자라나기 시작했다. 전보다 더 부드럽고 윤이 났다. 어머니는 다시 고무줄과 빗을 들고 딸의 머리를 묶고 땋느라 분주했다. 잠시 멈추었던 엇박자 콧노래 가락도 다시 시작되었다.

고등학교를 졸업하자 오랫동안 고무줄에 묶여있던 머리가 풀렸다. 기다렸다는 듯 숲은 변화의 물결로 넘쳤다. 볼륨있게 출렁이던 긴 머리 틈새로 밝은 햇살이 비집고 들어와 태양마저 눈부시게 했다. 젊은 긴장과 이완의 힘은 내 일생 가장 아름다운 숲의 풍경을 펼쳐 보였다. 바야흐로 햇살 가득한 울울창창한 여름 숲이었다.

그러나 아름다웠던 숲의 시절은 오래가지 못했다. 파마를 하고 멋 내기 물을 들이면서 까칠하니 윤기를 잃어갔다. 그 바람에 독한 화학성분에 덮여 신음하는 숲의 소리를 듣지 못했다. 연이은 출산과 대가족의 맏며느리로 쏟아부은 에너지도 고갈되었다. 눈에 띄게 변한 것은 자양분이 빠져나간 푸석한 머릿결이었다. 덩달아 기름지고 단단했던 표피도 건조해졌다. 균열마저 생기고 있었다. 그 틈을 탄 새치가 술래처럼 숲에 숨어들어 서성이기 시작했다.

새벽 서리가 앉은 듯 하얗게 새치가 늘어났다. 새치는 부딪히면 잠깐 일어나 반짝거리다 곧 사그라드는 부싯돌 같았다. 나는 너무 일찍 찾아온 그 참을 수 없는 새치의 존재를 용납할 수 없었다. 틈만 나면 뽑아냈지만 그럴수록 더욱 빤짝거리며 나타났다. 새치와의 한판 승부에 염색약을 택했다. 잠깐 주춤하는 듯 보였으나 머리밑에서는 또 다른 지각변동이 일어나고 있었다. 탈모였다. 하나둘 빠지기 시작하던 머리카락은 구부러진 틈새에 박힌 못처럼 맞물리지 못하고 무너져 내렸다. 아직 가을은 저만치 있는데 숲에는 때 이른 낙엽이 지고 있었다.

여자에게 숲의 의미는 뭘까. 어쩌면 단순히 미모를 돋보이게 하는 외면의 형식이 아닌 내면의 풍경인지도 모른다. 그래서 애면글면 달래고 얼러가며 매달리는지도. 이제는 내 머리 위의 숲에 모든 집착을 내려놓는다. 덩그렇게 밑을 드러낸 반백의 머리에서 도망도, 방관도, 부딪힘도 없이 그저 순리에 순응하리라. 쌓아두었던 염색약도 탈모제도 버린다.

색을 입히고, 약을 먹고 헤어 보톡스를 뒤집어쓰면서 땀 흘린 시간들의 잔해도 내려놓는다.

살아있는 것들 모두 시간이 흐르면 생기를 잃어가듯, 나이 먹음 또한 어제와 오늘의 차이일 뿐이었다. 조바심내고 안달한 것은 언제나 마음이었지 몸은 아니었다. 푸석해지고 거칠어진 삶의 흔적도 다 내 것이다. 찾아오는 그것들을 부정할수록 더 두툼한 삶의 이물질만이 내 안에 자리 잡게 되는 것을 왜 몰랐을까. 그것들은 거부하고 긁어내야 할 각질 같은 것이 아니라 부드럽게 숨죽여 함께 가야 할 것들임을 뒤늦게 깨닫는다.

다시 빗을 들고 거울을 본다. 빗을 것도 없는 숲은 이제 소유가 아닌 비움으로 젖어 있다. 오래전 보았던 영화 '닥터 지바고'의 눈 내린 자작나무 숲처럼 하얗게 빛난다. 사라진 내 숲의 색과 무게를 추억하는 일은 「반야심경」을 외는 가슴만큼이나 처연한 일이지만 쓸쓸하지는 않다. 밤이 깊을수록 함박눈이 내리고 내 머리 위의 숲은 더욱 희어질 것이다. 어둡고 까마득했던 것을 벗고 아름다운 순백으로 빛날 것이다. 그러면 고즈넉해진 숲만큼이나 내 삶도 더 심오해지리라.

풀무

집을 새로 지으면서 벽난로를 설치했다. 천덕꾸러기가 될 뻔한 자투리 공간을 이용했는데도 근사했다. 미처 채취하지 못한 표고버섯을 달고 참나무 한 트럭도 실려 왔다. 하지만 벽난로에 처음 피워 보는 불은 여간 까다롭지 않았다. 문제는 벽난로에 바람을 불어 넣어주는 팬이었다. 불쏘시개를 아무리 들이대도 불꽃은 도무지 일어날 기미를 보이지 않았다. 불은 고사하고 매캐한 연기가 온 집안을 뒤덮었다. 호기심 어린 눈으로 지켜보던 모두가 기침을 해대기 시작했다. 어느새 콧구멍은 새까맣게 그을리고 집안은 삽시간에 오소리 잡는 굴뚝처럼 변해 버렸다. 이래저래 불을 피워 보겠다고 허둥대던 남편이 중얼거렸다.

"이럴 때 풀무가 있으면, 몇 번 돌리기만 하면 되는데."

애가 타 풀무를 그리워하는 남편 뒤에서 이제는 아슴하게 잊힌 풀무를 떠올렸다. 궂은날 눅눅한 장작이나 솔가지엔 불이 잘 붙지 않았다. 어머니는 젖은 땔감에 불을 붙이기 위해 아궁이 속으로 허리를 깊숙이 구부리고 입으로 바람을 불어 넣었다. 그도 시원찮으면 부채질을 했다. 그러나 어머니의 노력을 비웃듯 아궁이는 도로 연기만 토해냈다. 낮은 기압 때문에 미처 굴뚝으로 빠져나가지 못한 연기가 자욱하니 부엌 바닥에 눌어붙었다. 눈이 매워 더 이상 뜰 수 없으면 부엌 한편에서 하릴없이 뒹굴던 까만 풀무가 등장했다.

불꽃이 잘 일어나지 않는 이런 날이면 풀무는 아궁이 앞으로 소환되었다. 아이들이 들기엔 꽤나 무거웠지만 들이대기만 하면 마술처럼 꺼져가던 불씨를 되살려냈다. 때로는 풀무가 돌아가면서 일으키는 바람에 재를 뒤집어쓰기도, 매운 연기도 마셔야 했지만 풀무의 유용함은 대단했다. 그러다 보니 어느 집이나 선뜻 나서서 풀무질하겠다는 아이는 별로 없었다. 나슬나슬 닳은 고무줄은 자주 갈아줘야 했다. 여차하면 벗겨지는 줄 또한 귀찮은 번거로움이었기 때문이었다.

우르릌! 우르륵! 돌아가던 풀무질이 끝나면, 그때부터 풀무는 쪼그리고 앉아 돌리던 아이들의 장난감이 되었다. 이제는 시골 장터 뻥튀기 아저씨한테서나 볼 수 있는 풀무. 골동품이 되어 돌려본 이들만이 기억하는 아련한 추억의 물건이 되어버렸다.

전기에 의존하는 팬은 일정한 바람의 세기와 속도로 돌아간다. 그러다 보니 불꽃은 늘 제자리다. 이래저래 활활 타오르는 불꽃 한 번 보지 못하고 다 타버리고 마는 경우도 있다. 거기에 비해 풀무는 어떤가. 바람의 세기를 잘 조절해 돌려주기만 하면 죽어가는 불꽃도 살려낼 수 있었다. 요령만 있으면 언제나 씨눈 같은 불씨로도 커다란 불꽃을 얻을 수 있었으니 아궁이 앞의 진정한 해결사였다. 편리한 팬과는 달리 작은 성취감도 맛볼 수 있다. 눈물, 콧물을 흘린 뒤 얻은 아름다운 불꽃을 보는 황홀함은 참고 견디며 이긴 자의 부록 같은 덤이었다.

쉽게 고장 나는 팬이 전화 한 통화로 만나서 문자 두어 줄로 헤어지는 친구라면, 풀무는 언제나 진득하게 기다리고 인내하는 친구다. 시간을 예약해놓으면 한 치의 오차 없이 멈추는 팬이 이해득실을 따져 계산부터 하는 친구라면, 풀무는 기쁠 때나 슬플 때 서슴없이 어깨를 빌려주는 속 깊은 친구다. 힘들고 지친 친구를 위해 깊은 정을 건네기도, 자신의 불꽃 같은 에너지도 아낌없이 나누는 친구다.

십일 남매의 맏이인 남편은 풀무 같은 존재라 해도 과언이 아니다. 하루도 바람 잘 날 없는 대가족이다 보니 굴뚝을 빠져나가지 못한 연기 같은 일상으로 고충도 많다. 햇볕 좋고 바람 불어 좋은 날은 찾지 않던 풀무를 비 오고 궂은날은 가끔 급하게들 찾는다. 그때 그 시절 고사리손으로 돌렸을 풀무를 남편은 지금 가족이라는 줄을 걸고 가슴으로 돌리고 있다.

빈
집

아이들이 모두 떠난 집이 썰물의 해변 같다. 짝을 찾아가면서 미처 챙겨가지 않고 남겨둔 옷가지며 흔적들을 지우는데 쓸쓸함이 밀려온다. 끊임없이 내 안의 것들을 떠나보내는 연습을 하고 있지만 아직도 이별에는 서툴다.

언젠가 어릴 적 살던 집을 찾은 적이 있었다. 살아생전 아버지의 살뜰한 보살핌을 받았던 집이었다. 그러나 오래 비워두었던 집은 식은 화로처럼 체온이 빠져나간 집의 뼈들이 바람에 덜컹거리고 있었다. 골다공증을 앓고 있는 대들보며 서까래가 손을 대면 금방이라도 꺼질 것처럼 푸석거렸다. 한때 넘쳐나는 웃음으로 가득했던 집은 제 수명을 다하고 조금씩 세상에서 지워져 가고 있었다.

아버지의 집은 옮겨 지은 집이었다. 육이오 사변 때 포격으로 쓰러진 집을 들보 두 개로 근근이 지탱하며 살았던 아버지는 평생 튼튼하고 반듯한 집 한 칸이 소원이셨다. 때마침, 강 건넛마을이 공단으로 조성되면서 이주를 시작했다. 아버지는 그곳에서 버려지는 집 한 채를 샀다. 그리곤 대여섯 대의 소달구지에 구들장과 목재를 싣고 와 직접 집을 지었다.

목수보다 더 목수 같았던 아버지의 헌신적인 집짓기가 시작되었다. 목재를 대패질하고 살뜰히 못질을 했다. 흙벽돌도 하루에 일정량 이상 쌓지 않았고, 기왓장 하나도 소홀히 하지 않았다. 그런 정성으로 집 한 채를 지어 자식을 낳아 키웠고, 그리고 돌아가셨다. 아버지의 정성과 기도로 지은 집은 아버지의 모든 것이었으리라.

우리가 집이라고 부를 때 그것은 외형적인 것만을 지칭하지는 않는다. 거기에는 한 집안의 내력, 가족, 휴식, 평안, 희로애락 등이 포함된 광범위한 개념이다. 그것들이 얽히고설키어 집은 비로소 존재의 의미를 가지게 되는 것이다. 세상의 모든 가치들이 집으로부터 비롯되고 마침내 집에서 완성되는 것처럼.

사람이 떠나면 금방 허물어지고 비워두면 곧 기울어지는

것이 집이다. 아버지의 집도 그랬다. 아이들이 커가는 모습을 바라보며 아버지의 집은 행복하기도, 가끔씩 우리가 알지 못하는 고난과 역경도 있었을 터. 그것마저도 아버지에겐 행복이 아니었을까. 그러나 자식들이 다 떠나고 난 빈집은 아버지에게 무엇이었을까 생각해본다.

어머니와 둘만이 있는 안방에서 아침을 먹고 얼음장 같은 방에 불을 들이며 텅 빈 마당에 저녁이 찾아왔을 때 아버지의 집은 어떻게 외로움을 달랬을까. 쓸쓸함이 켜켜이 쌓인 툇마루에 앉아 골목 저쪽을 바라보는 그 심정 또한 어땠을까.

집도 사람처럼 운다고 아버지는 말씀하셨다. 그것이 바람에 의해 집의 관절이 삐걱거려서 그런 것인지, 아니면 집주인의 감정이 그런 현상에 투영되어서 그런지도 모를 일이다. 어쩌면 조금씩 빈집이 되어 갔을 아버지의 마음이었는지도. 아버지 안의 대들보며 서까래는 벌레가 들어 파먹고 갉아먹었을 것이며 잠들지 못하는 밤, 문설주는 바람에 자주 덜컹거렸을지도 모른다. 빛나던 추녀는 퇴색하고 담은 서서히 무너져 시간 속으로 스며들었는지도.

아이들이 모두 집을 떠나고 요즘은 남편과 둘만 지내고 있다. 아이들의 온기가 사라진 집에서 나는 가끔 집이 외롭고 쓸쓸하다는 생각을 한다. 그건 내가 외롭고 쓸쓸하기 때문인지도 모른다. 집이 그런 것처럼 나도 조금씩 빈집이 되어 가는 것만 같다. 아버지가 조금씩 빈집이 되어갔던 것처럼.

그러나 빈집이 자연현상의 필연이라면 이것도 담담히 받아들여야 할 일. 살아있는 것들은 다 멸한다고 했으니 나 또한 예외일 수는 없으리라. 살아오면서 자꾸 채우기만 했던 욕망들을 내려놓고 조금씩 가벼워짐에 행복을 느끼고 싶다. 비워지면서 조금은 외롭고 쓸쓸하지만 나는 행복한 빈집이다.

품의 도량度量

하늘 요양병원 208호. 육척단신 백발의 노인이 토라져 면벽하고 있다. 요양보호사가 머리맡에 놓고 간 분홍 나염 환자복이 맞지 않는다는 이유다. 꺼져가는 생의 한 줄기 끈에 매달린 저 미세한 떨림과도 같은 여자의 자존심. 끝까지 자신의 존재가치를 품으로 느끼고 싶어 하는 노인에게 품의 의미는 뭘까.

그때, 어디선가 선거유세 차량의 확성기 소리가 들려온다. 허공의 웅덩이 같은 창문을 바라보던 노인의 눈동자가 일순 반짝인다. 어깨를 두어 번 들썩이는가 싶더니 천천히 벽을 더듬어 고쳐 앉는다. 노인의 마음이 요동치는 걸까. 때마침 도착한 서산댁이 재빨리 굽어진 그녀의 등을 괸 뒤, 준비해

간 옷을 입힌다. 그제야 눈을 감고 손바닥으로 옷을 쓸어 품을 느낀다. 입가로 얕은 미소가 스민다.

평생 바늘과 함께 살아온 노인이었다. 떨리는 손에 더이상 바늘이 쥐어지지 않았을 때 자식들은 노인을 이곳으로 모셨다. 맥없이 버려졌다는 생각이 들었을까. 아니면 바늘과 함께 살아온 지난했던 그 시간도 함께 묻히는 게 두려웠을까. 노인은 이곳으로 들어온 날부터 곡기를 끊었다. 며칠을 주검처럼 누워있다 앙상한 몸을 일으켜 세운 건 누군가 놓고 간 작은 바늘이었다.

서산댁은 침대 밑 낡은 담요를 끌어다 노인의 무릎 위에 올려준 뒤 안색을 살핀다. 눈 밑으로 파르르 가는 파동이 물결처럼 인다. 매번 저 누리끼리한 담요를 끌어안고 행하는 그녀만의 신성한 의식과도 같은 바느질. 주검 같던 노인은 어디 가고 나비 한 마리 날아오르듯 가볍다.

반짇고리함을 찾는지 두리번거린다. 누군가의 옷을 짓기 위해 자신에겐 엄격하고 타인에겐 한없이 너그러웠던 노인이었다. 그런 그녀를 일평생 힘들게 한 것은 남편과 자식들이 수시로 치르는 선거라는 바람이었다. 신뢰와 믿음이라는 격을 갖춘 자만이 입을 수 있는 그 특별한 옷은 덕을 쌓지 못한 자들이 입을 수 있는 옷은 아니었다. 보이는 것보다 보이지 않는 것에 내재된 무한의 품이 돋보이는 옷이기 때문이었다. 필요한 덕목을 갖추지 못했으니 민심의 시장에서 유권자들의 마음인들 얻을 수 있었을까. 그래서 노인은 자신이 만드는 옷의 마름질에 그토록 신중했는지도.

한 치의 오차 없이 그녀가 몰입해 마름질한 옷들은 잘 맞았다. 푸새라도 하는 걸까. 입안 가득 물을 머금은 듯 하더니 힘겹게 품어낸다. 게슴츠레한 눈으로 잠깐 시선을 놓치는가 싶더니 재빨리 두들겨 매만진다. 오랜 연륜이 묻어나는 그녀만의 곡예 같은 손놀림이다. 어느새 확성기 소리가 산을 넘는 모양이다. 가파른 산을 넘느라 숨 고르기라도 하는지 끊어졌다 이어지기를 반복한다. 덩달아 노인의 손길도 바빠졌다.

품을 잡는 순간이다. 무디어진 손끝 대신 예리한 눈빛이 매섭다. 고운 품성으로 수많은 이들의 품을 잡아주던 예전의 그 눈빛이다. 낡은 한 폭의 천으로도 노인의 손길과 눈길이 닿으면 무한의 질을 품어, 보이는 것보다 감춰진 내면의 질이 더 돋보였다. 옷의 자존심을 지키며 품의 사명을 다해 지은 노인의 옷은 그래서 앞모습보다 뒷모습이 더 아름다웠다.

시침질도 끝났다. 어둔하지만 여전히 빠른 손놀림이다. 무수한 일상에서 수없이 반복되어져 어느 날 저절로 이루어진 경지다. 솔숲 사이로 들어온 햇살이 리드미컬하게 움직이는 노인의 얼굴과 이마로 흘러내린 머리카락을 비춘다. 이윽고 손가락을 꼼지락거리던 노인의 오른발이 리듬을 타기 시작한다. 재봉틀의 노루발에서 천을 당겨내는 왼손을 따라 오른손이 촘촘히 쫓아간다. 보이지 않는 실루엣을 따라 절정을 향해 재봉틀을 돌리는 노인은 의식이 개입되기 이전의 상태다. 이윽고 신뢰와 가치로 완성된 옷을 바라보는 눈이 가뭇없다. 마음을 한곳에 모아 오롯이 자신을 몰입의 경지까지 몰고 갔다 온 뒤, 노인은 한여름 아스팔트 바닥에 떨어진 고무줄처럼 늘어져 눕는다.

품은 입는 이의 격과 옷의 가치 척도가 되기도 한다. 오늘날 우리는 심미적 사회에 살면서 보이는 것에서 아름다움을 찾는 데 너무 익숙해져 버렸다. 나 역시 가상적인 아름다움에 매몰되어 격에 맞지 않는 품의 옷을 입고 유행 따라가기에만 급급했다. 언제부터인가 외모를 가꾸는 것은 자유로운 선택이 아니라 의무고 개성이 아니라 타성적 유행으로 바뀌었다. 뭇 중생들을 위한 삶을 살다간 성철스님의 그 낡은 옷 속에 내재된 자비라는 넉넉한 품이 그리운 날이다.

거기, 섬안이 있었네

    산수유 노란 꽃망울마다 봄이 움텄다. 이제 막 동안거를 끝낸 섬안이 들꽃 잔치를 열었다. 양지바른 길섶마다 별꽃, 봄까치꽃, 흰제비꽃들이 다투어 피어났다. 아침 강 위론 물안개가 수묵화처럼 번졌고 저녁엔 푸른 이내가 깔렸다. 쑥 캐는 아이들의 웃음소리 따라 겨우내 자란 보리순들이 들녘에 출렁거렸다. 북쪽으로 떠나지 못한 댕기머리 해오라기 몇 마리 선머슴아처럼 냇가를 어슬렁거리는 것도 이즈음이었다.

    섬안의 원래 이름은 도내동이었다. 사람들은 개흙으로 형성된 형산강 하류 섬들을 개척하여 농지와 염전으로 개간하면서 이곳에 집단주거지를 조성했다. 갈대만 무성했던 포항의 다섯 개 섬 중 상도와 대도를 합쳐 행정구역상 도내동島內洞으로 개칭했다. 그러자 자연스럽게 섬안이라는 이름이 생겨났다. 개척시조인 하, 조, 공씨 세 분을 기리는 제당에선 음력 대보름날 제를 올려 섬안의 무탈과 안녕을 기원했다.

자야네가 섬안으로 들어온 건 그해 보리누름 때였다. 달구지에 가재도구 몇 가지 싣고 석이네가 떠난 빈집으로 이사 온 것이었다. 홀연히 찾아든 이방인을 반기듯 마을 앞 때죽나무가 흰 꽃을 흐드러지게 피우던 날이었다. 이발사라는 자야아버지는 작고 마른 체구에 등이 몹시 굽은 꼽추였다. 내 또래 아홉 살 자야는 핏기 없는 창백한 얼굴로 달구지 위에서 가쁘게 기침을 해댔다. 길에서 주웠다는 둥, 제 엄마가 일찍 죽었다는 둥 소문이 무성했지만 아무것도 확인된 건 없었다.

부지깽이도 바빠진다는 모내기 때는 누렁이들 코에 단내가 났다. 형산강 보문이 열리기 전, 논에 물을 대기 위해 남녀노소 불문하고 부역을 나갔다. 겨우내 잡쓰레기로 덮인 도랑을 정비하고 말라버린 둠벙의 흙을 걷어냈다. 마침내 수문이 열리면 사람들은 물 한 방울도 더 가두려고 논 두둑을 치고 다졌다. 손 하나도 아쉬운 때였다. 우리들도 학교가 파하기 무섭게 십 리 길을 달음박질해 와 손을 보탰다. 섬안의 봄은 연자매 가는 당나귀처럼 눈코 뜰 새 없이 지나갔다.

머리 자르려는 사람들이 알음알음 자야네를 찾아왔다. 그때마다 먹을거리며 알곡을 들고 왔다. 아픈 자야를 위해 몸에 좋다는 약을 가지고 오는 이도 있었다. 나도 자야네 뒤안, 빈 사과궤짝 위에 앉아 머리를 자르곤 했다. 사각사각 자야 아버지의 가위질은 갈대숲 위로 지나는 하늬바람 같았다. 꾸벅거리는 귓가론 산비둘기 울음소리가 들려왔다. 가쁜 숨을 들이쉬며 뒷마루에 나앉은 자야와 가끔씩 눈이 마주치기도 했다. 별꽃처럼 눈이 맑은 아이였다.

섬안은 형산강이 있어 아름다웠다. 갈대숲 속엔 들꿩이며 노랑턱멧새, 곤줄박이들이 날아들었고 물억새와 달뿌리, 모새달도 서로 키를 재며 자랐다. 물풀 사이로 재치조개들의 살 오름도 시작되었다. 섬안 뜰이 기지개를 켜면 숭어가 돌아왔다. 은비늘을 번쩍이며 무리지어 유영하는 숭어를 잡으러 새벽 강가에는 초망 던지는 이들로 북적거렸다. 아버지도 가끔 펄떡이는 숭어 한 두름을 갈대에 꿰어 들고 왔다. 그런 날이면, 우리들은 회 치는 어머니 곁에서 입맛을 다셨다. 매운탕으로도 제격이었던 팔뚝만 한 숭어는 본격적인 농번기가 시작되기 전, 사람들의 기운을 북돋워 주던 유용한 양식이었다.

모를 낸 논에는 다슬기, 미꾸라지, 우렁이가 자랐다. 부드러운 호박잎을 찢어 넣은 다슬기탕이 여름 밥상에 자주 올랐다. 겨우내 텅 비었던 고방에 소소한 먹을거리가 쌓이면 마른버짐 핀 아이들의 얼굴에도 제법 윤기가 돌았다. 어지러워 방 안에만 누워있던 자야도 마당으로 나왔다. 강으로 내달리던 아이들이 자야네 마당으로 몰려들었다. 아이들을 반기는 자야아버지의 입이 모처럼 커다랗게 벙글었다. 마른 쑥으로 모깃불을 지피고 멍석을 깔고 둘러앉으면, 밤하늘에서 별들이 보석처럼 쏟아져 내렸다.

마파람에 혀를 빼물고 자란 곡식이 하늬바람에 모질어졌다. 들판에는 참새들이 허수아비를 따라 돌고 강가에는 갈대꽃이 흩날렸다. 그즈음, 자야의 기침소리가 자주 골목을 넘어왔다. 나는 다시 굳게 닫혀버린 자야네 방문 앞을 서성거렸다. 갈바람이 불기 시작하면 어머니는 들깨를 갈아 넣고 토란국을 끓였다. 그 구수한 냄새가 집안 가득 퍼질 때쯤 대문 앞 회나무에도 가을빛이 완연했다.

추수가 끝난 들판이 방금 이발을 한 것처럼 단정해졌다. 서리 내린 갈대밭엔 서걱대던 풀벌레 소리도 사라졌다. 강에서 피어오른 홍시 같은 노을빛으로 섬안 뜰이 선홍색으로 물들었다. 어머니가 아궁이 깊숙이 묻어둔 고구마 익기를 기다리며 가끔 풀무를 돌렸다. 간밤엔 제당에서 부엉이가 울었다. 갑자기 쌀쌀해진 가을 끝자락 아침, 자야네 굴뚝에 연기가 오르지 않았다. 아픈 자야를 걱정하며 대문을 나서던 어머니가 자야아버지의 울음소리를 들었다. 꺼억 꺼억 담을 넘어오던 그 소리는 섬안 뜰에 슬픈 메아리처럼 울려 퍼졌다. 그건 내가 세상에 태어나서 처음으로 만난 죽음이었다.

겨울은 빚쟁이 독촉하듯 찾아왔다. 살을 에는 삭풍에 강은 두꺼운 얼음 이불을 덮었다. 빙판에 갇힌 강변의 배 위로 까치가 떼 지어 날아다녔다. 자야가 떠난 마당엔 진눈깨비가 날렸다. 동네사람들은 혼자가 된 자야아버지를 위해 보리로 엿기름을 만들고 누룩을 빚어 나누었다. 몇십 년 만이라는 큰 눈이 며칠을 두고 내렸다. 사람들은 꼼짝없이 집안에 갇혔다. 눈이 그치고 동네사람들이 이발소에 도착했을 때 자야아버지는 떠나고 없었다.

"나를 키운 건 팔 할이 바람"이라고 서정주 시인은 말했다. 나를 키운 건 팔 할이 섬안이었다. 섬안에서 태어났고 섬안에서 유년 시절을 보냈다. 섬안은 내가 태어난 자궁이었고 형산강은 나의 탯줄이었다. 나루끝이나 송도처럼 섬안이라는 지명도 이젠 이름만 아슴하게 남았다. 지금은 현대식 건물이 들어서서 옛날의 흔적조차 찾기 어렵지만 나는 가끔씩 이 골목 저 골목을 기웃거리며 옛 생각에 잠긴다. 자야와 숭어, 토란국과 어머니 그리고 풀무들이 무성영화처럼 스쳐가는 것이다. 내 유년의 시간들은 섬안 뜰 어디에서 조금씩 내가 되고 있을까. 아카시아 꽃향기 흐드러진 방장산에서 뻐꾸기 소리 뻐-꾹, 뻐-꾹, 들려온다.

낮은 시선

　복자씨네 난전이 왁자지껄하다. 우렁우렁한 복자씨의 목소리에 자지러진 웃음소리 간간이 추임새처럼 끼어든다. 왜 아니겠는가. 지팡이 짚고 나선 동네 어르신들이 저곳에만 오면 저리도 웃음소리 요란하다. 창문 열고 빠끔히 길 건너 난전을 살핀다. 뙤약볕에 후끈하게 달아올랐던 거리에 어느새 그늘이 내려와 있다. 한낮의 열기를 피해 은둔하던 동네 어르신들이 배롱나무 밑에 총출동해 있다. 삐걱대는 관절도 이런 맑고 화창한 날엔 별 무리 없을 터였다.

　동네 주민센터 붉은 배롱나무 그늘이 절반쯤 내려오는 시각. 복자씨네 난전이 열린다. 주민들과의 소통을 외치며 시에서 담을 헐고 심은 배롱나무 밑이다. 주민센터에 볼일이 있어 온 사람들이 자전거를 대거나 타이어에 바람을 넣는 곳이다. 들락거림이 많지만 긴 나무 의자가 여럿 놓여 있어 마실 나온 어르신들의 휴식공간으로는 안성맞춤이다. 나무에 달린 스피커에선 음악이 흐르고 그늘도 있으니 명당인 셈이다. 해거름이면 복자씨와 동네 어르신들이 약속이나 하듯 모여 앉아 팝콘 터지듯 들썩거린다. 질펀하게 늘어놓는 복자씨의 우스갯소리와 하루치 장사 얘기에 그날의 더위를 씻어낸다.

이곳은 복자씨가 하루 행상을 하다 마지막에 들르는 곳이다. 고희를 넘긴 복자씨의 강철 같은 두 다리도 한계에 이른 걸까. 이 시간이면 더 이상 나아가지 못하고 이곳에서 고단했던 하루 마침표를 찍는다. 종일 리어카에서 시달리던 야채와 지친 복자씨가 함께 널브러져 풀어놓는 시간이라 여유는 배가된다.

나는 시장으로 향하던 걸음을 돌려 복자씨의 난전을 기웃거린다. 골목으로만 끌려다니다 그늘 밑에 나앉은 풋것들이 아직 생기 있음을 과시한다. 나무 위의 스피커 음악 소리는 어르신들의 웃음소리에 밀려 바닥으로 털썩 떨어져 흩어진다. 쒸엑 쒝 타이어에 바람 넣는 소리와 귀를 찢는 매미 소리의 화음도 절묘하다.

뻘쭘하게 세워놓은 리어카에 기댄 복자씨가 발라낸 참외 한 조각 우지끈 베어 문다. 반쯤 감긴 눈으로 갈증 한 모금 잘 섞어 시원하게 넘긴다. 연신 부채질하던 어르신들의 손에도 오늘 떨이하는 참외 하나씩 입안으로 출격 중이다. 다디단 호사다. 모두가 긴 세월 풍상이라는 나이테를 두른 연령대가 아니던가. 한없이 투명하지만 불필요한 겉치레는 벗어버린 여유로움이다. 의미 없는 삶의 짐은 내려놓고 노년의 의연함만이 깃든 초연한 모습들이다.

누리끼리한 몸뻬 위에 낡은 전대를 차고 졸던 복자씨와 눈이 마주치자 활짝 웃는다. "밥 먹었능교." 늘 시장기 밴 목소리로 누구에게나 밥 먹었는지부터 묻는다. 복자씨만의 은유적 인사법이다. 상한 과일을 도려내고 남은 조각을 입에 달고 사는 그녀의 채워지지 않아 보이는 저 허기진 모습. 어쩌면 밥에서 비롯된 것은 아닐까. 궁금했지만 아무도 대답해 주는 이는 없었다.

비록 작은 난전이지만 그녀만의 상도덕도 있다. 명확한 셈을 하고 경위도 바르다 싶게 올곧다. 배추 한 단 가격도 아침, 점심, 저녁으로 차등해 판다. 그런가 하면 과하다 싶게 덤을 요구하는 이에게는 매몰차다 싶게 군다. 그때마다 사람들은 구시렁거리며 난전 인심이 아니라며 돌아서지만 단호하다.

나는 한물간 채소와 과일을 손으로 깨작대다 일어선다. 신선함이 사라진 것들에 이미 흥미를 잃은 터였다. 열기에 녹초가 되어버린 풋것들의 신음소리를 뒤로하고 다시 시장으로 향한다.

두 손 가득 채소를 사 들고 오던 나를 세운 건 복자씨의 리어카였다. 어둑한 골목 한쪽 텅 빈 채 세워져 있다. 좀 전까지만 해도 내리지 못한 야채 든 박스가 몇 개 실려 있지 않았던가. 그새 다 팔지는 않았을 터이다. 쉬어갈 요량으로 기웃거리다 골목 안 무료급식소에서 나오는 복자씨와 마주쳤다. 상황판단이 안 돼 뜨악하니 쳐다보다 지나쳐 가는 복자씨의 전대에서 나는 동전 소리에 정신이 아득해졌다. 복자씨는 그렇게 오랫동안 그곳을 들락거리며 야채 박스를 내리고 있었던 것이었다.

때로는 우리를 위로하는 것이 소소한 것일 때가 많다. 누군가 건네는 밥 한 그릇이 허기만이 아니라 외로움까지 달래줄 때다. 가슴이 설레고 벅차올라 삶을 지탱하는 소중한 추억이 되기도, 뭉클하여 위로와 삶의 버팀목이 되기도 한다. 그렇게 우리가 받는 사랑이 다른 사람을 사랑하는 힘의 원천이 되고, 누군가의 환대를 받은 사람은 스스로도 때가 되면 누군가를 맞아 환대를 베풀게 된다. 그리고 그 사람은 다시 누군가에게 허기와 외로움, 내면의 갈증을 풀어주기에 이른다. 그럴 때, 그 밥 한 그릇은 소소한 밥이 아니다. 삶의 삭막함과 비정함을 걷어낼 만큼 고귀한 성찬이다.

어렵게 자라 얻어먹은 밥만큼 베풀고 산다는 복자씨. 푸근하고 자랑스럽다. 정녕 배고팠던 자만이 아는 고수의 삶이다. 갈퀴 같은 그녀의 손이 낡은 전대의 지퍼를 열 때마다 따라 나오던 따뜻한 온기. 그 정체는 배고픈 이들을 보듬는 한 여인의 낮은 시선에서 출발했음을 그제야 알고 숙연해진다. 길 위에 앉은 작고 초라하다 싶은 행상 여인의 삶. 그 따뜻한 철학 앞에 날이 섰던 마음이 뭉그러진다.

밥,
숙명 같은 것

밤새 싸락눈이 왔다. '싸락싸락' 치는 소리는 건넛방 할아 버지의 잔기침 소리와 하모니를 이뤄 잔잔한 반복 음이 되어 내렸다. 이불 속에서 분탕질하던 아이들이 꿈나라로 갔다. 낮에 두고 온 낟알 한 톨 아쉬워하던 가시덤불 속 오목눈이 도 잠들었다. 구멍 뚫린 양말을 깁던 화롯가의 어머니마저 잠든 밤. 손님이 다녀갔다.

싸락눈을 밟으며 조용히 왔다 간 손님의 흔적은 고방의 보 리쌀 두어 됫박과 작은 발자국이었다. 놀란 토끼 눈으로 문 고리를 잡고 밖을 내다보던 어린것들을 아버지는 다시 아랫 목으로 돌려보내고 발자국을 따라나섰다. 그런데 무슨 연유 에선지 바로 뒤돌아 왔다.

겨울은 길고 추웠다. 아버지의 겨울은 더 그랬다. 겨울은 계절만을 가르치지는 않았다. 어렵고 힘든 나날, 궁리를 거듭해도 해결의 방안이 모색되지 않는 시간은 모두 아버지의 겨울인 셈이었다. 지난가을 곡식 한 톨, 채전밭 잎사귀 하나까지 챙겨보아도 작은 고방 하나 다 채우지는 못했다. 대부분의 소작농 형편이 그렇듯, 금년 농사의 일부는 작년에 진 빚을 갚고 나면 또 빚이 남는 악순환이 계속되었기 때문이었다. 유년의 우리 집 고방이 그러했으니 가장으로서 고방을 바라보는 아버지의 고충은 컸다.

구원의 신호일까. 며칠 보이지 않던 벌판 외딴집 굴뚝에 연기가 오르던 날 아침. 좀체 부엌 출입을 않던 아버지가 부엌에 들렀다. 아궁이에 잔 나뭇가지를 밀어 넣으며 풀무를 돌리는 어머니와 두런두런 많은 얘기를 나누는 것 같았다.

가진 것이 없어도 양심에 따라 살아야 하는 게 사람다움이라고 말하던 아버지였다. 우리들이 나쁜 짓을 해 볼기짝을 칠때도, 분에 넘치는 욕심을 부려 회초리를 들 때도 누누이 그 말을 강조했다. 어린 우리들이 쉽게 알아들을 수 있는 말은 아니었지만 나누며 살라는 말임을 어렴풋이 알 수 있었다.

들판, 외딴집 새댁은 앉은뱅이 들꽃 사이에 홀로 핀 하얀 들국화 같았다. 어느 해 고깃배를 타고 돈 벌러 바다로 나갔던 외딴집 천씨가 마을에 나타났을 때 사람들은 놀랐다. 마흔이 되도록 몸이 불편한 홀어머니와 단둘이 살던 그가 헌칠한 키에 만삭이 된 미모의 여성을 데려온 것이었다. 앳돼 보이는 얼굴에 선한 눈매, 수줍음도 많았다.

이듬해, 딸 쌍둥이를 낳은 새댁은 바지런했다. 한 뼘 텃밭도 놀리지 않고 푸성귀를 심고 일거리를 찾아 생계를 꾸리는 데 전념했다. 그러나 땅뙈기 하나 없이 다섯 식구가 살아가기엔 턱없이 부족했다. 굶는 날이 많아지자 천씨는 여자 넷만 오롯이 남겨두고 다시 고깃배를 타러 나갔다. 가장이 없는 외딴집의 긴 겨울 또한 생과 사의 사선死線이었다.

오는 봄을 쉽사리 용납 않겠다는 듯 막바지 겨울의 기세는 드셌다. 비어가는 고방엔 거미줄만 늘어갔다. 우리들의 얼굴에도 허연 마른버짐이 다투어 꽃을 피웠다. 아직 봄은 멀었는데 외딴집 굴뚝에도 연기가 오르지 않는 날이 많아졌다. 밥을 먹지 못하고 있다는 그 뚜렷한 증거를 바라보는 부모님의 안색도 어두워져 갔다. 한계점이었다. 설상가상 돈을 벌어 오리라 믿었던 천씨는 어느 날 목발을 하고 빈손으로 돌아왔다. 가끔 보리쌀 두어 바가지를 들고 외딴집을 다녀온 어머니는 새댁의 빈 젖을 빨다 잠든 쌍둥이가 안타까워 눈물을 훔치시곤 했다.

여느 때보다 이른 시각. 아버지의 풀무 돌리는 소리가 들렸다. 구수한 소여물 냄새가 아랫목 낡은 이불 속까지 스며들었다. 보리쌀 씻는 소리도 들렸다. 친근한 일상의 그 소리들은 우리들의 아침잠을 깨우거나 끼니때를 알리는 정겨운 소리였다. 누렁이도, 우리도 살아가는 또 다른 삶의 소리기도 했다. 그렇지만 그 평범한 일상의 별것 아닌 것들이 '누구나 다 할 수 있는 일은 아니다.'라는 걸 그 겨울은 혹독하게 알려줬다. 입맛이 없으신지 두어 숟가락 뜨던 아버지가 아침 밥상을 물리고 서둘러 일어나셨다. 어디 멀리 출타라도 하시려는지 어머니가 내민 두툼한 목도리를 야물게 여미셨다.

'이러루, 어저저 음메.' 그토록 기다리던 봄은 왔다. 그러나 소여물 냄새와 뿌연 김 서리던 외양간엔 누렁이가 없었다. 아지랑이 피어오르는 논밭에도 누렁이는 보이지 않았다. 흙바닥에 닳아 나뭇결 반들반들한 여물통과 함께 사라진 외양간의 누렁이. 재산목록 일호였던 누렁이는 그렇게 그해 겨울, 두 집 식구들의 끼니를 약속해주고 사라졌다.

삭은 울바자처럼 삶이 송두리째 쓰러져가던 그해 겨울. 더불어 사는 원리를 본능적으로 느꼈을까. 내 안의 소리에 귀 기울여 그에 따라 행동하고 실천했던 아버지의 사람다움을 보았다. '내가 자식에게 가르칠 게 있다면 내 삶을 보여주는 것밖에 없다.'는 당신의 결기 같은 것도 그때 느꼈다. 어느 음식점 벽에 걸린 액자 속에 '먹는 일이 사랑이란 걸 알았습니다.'라는 말이 생각난다. 밥은 단순히 먹는 음식만을 뜻하지는 않는다. 그 이면엔 사랑보다 더한 쉽고도 어려운 일이 되어버린 일상을 견디는 숙명적인 삶을 의미하기도 했다. 내가 살아있음이 곧 밥이었다는 사실을 너무 오래 잊고 있었다.

오
수
午
睡

한 남자가 창가에 앉아있다. 의자 깊숙이 몸을 말아 넣고
바다에 시선을 던진 채다. 커다란 관엽식물 사이로 설핏 우
수에 찬 남자의 얼굴이 비치다 사라진다. 굵게 주름진 단정
한 옆모습과 어쩐지 처진 어깨와 왜소한 몸에서 느껴지는 처
연한 기운. 이 더위에 단단히 여민 재킷과 가지런히 빗어 올
린 성긴 반백의 머리가 왠지 타지인인 듯해 보인다. 반백의
노신사는 무슨 사연으로 저리 혼자 바다와 마주하고 있을
까. 고즈넉한 바닷가 찻집 유화에 손님은 그와 나 둘뿐이다.
 "빨리 와야 공짜로 볼 수 있어." 속사포처럼 내뱉고 친구는
전화를 끊었다. 타로 카페가 있다는 말은 진작 들었다. 그러
나 공짜로 봐준다는 말은 들어보지 못했던 터라 잠깐 내 귀

를 의심했다. 요 며칠, 우리들은 무시로 어떤 카페에 등장한다는 타로점쟁이에 꽂혀 있었다. 나이 든 여인네들의 호기심이란 아주 뭉근해 좀체 잊지 못하고 있던 차에, 걸려온 전화를 받고 단숨에 이곳으로 달려왔다. 그러나 숨 넘어 갈 듯 재촉하던 친구는 보이지 않는다.

실내는 '동해바다로 고래사냥 가자'며 목청 돋우는 송창식의 노래뿐이다. 순간 밀랍인형처럼 앉아있던 남자가 미세하게 움직이더니 긴 한숨을 내쉰다. 몰아내듯 토해내는 남자의 한숨 속에 왠지 식어버린 사랑의 흔적이 서글프게 배어 나오는 듯하다.

출입문 소리에 돌아보니 들어서는 사람은 사십대의 여인이다. "아버지." 그녀가 창가의 남자를 건조하게 부른다. 반사적으로 비틀거리며 일어나던 남자가 반갑게 여인의 손을 잡고 다시 앉는다. 어색한 침묵에 노랫소리마저 부스러진다. 필시 '오랫동안 만나지 못했던 사람들의 해후가 저러지 않을까.' 부스러진 송창식의 고래사냥을 주워 담으며 드는 생각이었다.

서로 마주 보지도 못하고 몇 마디 나누던 그들이 바쁜지 서둘러 일어난다. 그제야 나를 지나쳐 가는 그들을 정면으로 본다. 날카롭게 각진 턱선과 굵게 쌍꺼풀진 커다란 눈의 남자. 그리고 그 남자의 얼굴 윤곽을 너무도 많이 닮은 여인.

"네 엄마는 지금 어디 있니." 차마 쳐다보며 할 수 없었던 말이었을까. 앞서가는 여인의 뒤에서 남자가 나직하게 묻는다.

사십 년 전 여름이었던가. 충청도 남자와 강원도 여자가 어린 딸아이 하나를 데리고 우리 집 문간방에 세를 들었다. 직장을 쫓아 이곳까지 왔다는 부부는 다른 셋방 사람들과도 스며들듯 잘 지냈다. 충청도 억양이 유독 강했던 남자는 유쾌했다. 복스럽게 생긴 그의 아내 또한 뛰어난 음식 솜씨에 나눔까지 좋아 이웃의 사랑을 받았다.

수확이 끝난 감자밭을 다시 뒤져, 버려진 감자를 썩혀 우려낸 뒤 전분을 만들었다. 그녀의 전분 만드는 항아리가 늘어날수록 우물가는 감자 썩는 냄새로 진동했다. 모두가 눈살을 찌푸리다가도 강낭콩 너덧 개소를 넣은 쫄깃한 감자송편 앞에서는 입을 다물지 못했다. 그때부터 서로 항아리에 물을 갈아주는가 하면 송편 빚는 날이면 손을 보태기도 했다. 옆방 남자는 출근할 때마다 딸아이를 자전거에 태우고 나가 마을 입구 오래된 배롱나무 밑에 내려주는 일을 즐겨했다. 조용히 그 뒤를 따르던 아내의 행복한 모습은 마치 백 일 동안 피고 지고를 계속하는 배롱나무의 붉은 꽃처럼 화사했다. 자주 우리 방으로 놀러와 그림을 그리던 아이의 작은 스케치북에는 주로 엄마와 아빠가 손잡은 다정한 모습이었다.

별빛이 청량한 어느 날 밤이었다. 늦은 외출에서 돌아오던 나는 그만 문간방 남자의 사랑 고백을 엿듣고 말았다. 아침마다 딸아이를 내려주던 바로 그 배롱나무 밑이었다. "너는 별이라고. 그냥 있어도 별처럼 반짝인다고." 남자는 하얀 원피스 여자에게 속삭이고 있었다. "얼마나 소중하고 귀한지 볼 때마다 가슴이 벅차다."라고도 했다. 어느 날 교통사고처럼 맞은 배신의 아픔은 전염성이 강했다. 그날 이후 딸아이의 스케치북 속 엄마와 아빠의 손은 떨어져 있었다.

무슨 파탄의 아름다움이랄까. 나무가 고스란히 안아야 할 세상의 아픔이 바로 옹이다. 어떤 큰 흐름 안에서 내홍을 겪다 고유한 무늬가 되어버린 그 흔적. 사뭇 짠해 보이지만 나무는 상처를 입어도 내색하지 않는다. 때론 옹이도 단순한 상처가 아니라 살아가는 중요한 힘이 되기 때문이었다. 모녀 역시 아픔을 내색하지 않은 채 여느 때처럼 감자 송편을 빚어 내어놓고 조용히 떠났다. 쌓여서 체증을 일으키거나 구차하게 더러워지기 전에 땅에 닿자마자 투명하게 사라지는 첫눈처럼.

전화벨 소리에 놀라 풋잠을 깼다. 녹색이 사나워지는 뜨거

운 오후다. 잠깐의 오수午睡에 오래전의 그들을 만나고 돌아
온 것 같았다. 그때 그 남자와 아이가 방금 내 곁을 지나갔다.
나이 든 모습이지만 틀림없는 그들이다. 두리번거리며 흔적
을 쫓아보지만 서둘러 떠난 그들의 테이블 위엔 오후 세시의
노곤함만이 쌓여 있다.

"너 어디니. 이화로 오라고 한 지가 언젠데." 아뿔싸. 친구
는 '이화'에 있었다.

솔라시 뷰티살롱

"안 된다 안 돼. 여그는 주인이 따로 있다."

"할매요. 길가에는 먼저 대는 사람이 임잡니더."

영춘화 꽃망울 부풀리는 이른 아침. 솔라시 뷰티살롱 앞에서의 작은 실랑이다. 머리카락 휘날리며 뛰어나온 미소할매가 몽당 빗자루를 휘두르며 주차를 저지한다. 휘두르는 빗자루의 위력이 사뭇 위협적이다. 후진하여 슬그머니 엉덩이부터 들이대려던 젊은 운전자는 "별일이야."며 기겁하여 내뺀다. 이때를 놓칠세라 미소할매는 잽싸게 빨래건조대를 가져다 그 자리를 철통방어한다. 오랜 시간 누군가를 쫓아내고 그 자리를 사수했을 숙련된 동작이다. 누구를 위한 자리일까. 잠시 후, 뷰티살롱 주인인 김여사의 빨강 모닝이 빨래

건조대를 치운 자리에 한 치 오차 없이 주차한다. 솔라시 뷰티살롱의 하루가 시작된다.

뷰티살롱의 실내청소를 끝낸 미소할매가 돌아가자 덕산댁이 고개를 디밀고 들어온다. 부기가 있는 푸석한 얼굴은 간밤에 잠을 설쳤다는 증거다. 작년 가을, 표연히 떠난 영감님을 원망하며 지금껏 저 얼굴이다. 새의 울음이 살아있음을 증명하는 최소한의 외침이듯, 마치 떠난 이를 향한 남은 자의 할 일인 듯, 밤마다 잠을 설치며 저렇듯 회한에 젖어 지낸다. 지난 추억을 회상하는 것은 인간의 보편적인 욕구라지만 덕산댁이 처한 현재의 삶이 팍팍하여 더욱 그런지도 모른다.

뒤이어 강구댁과 새라할머니가 들어와 TV를 켜고 좌정한다. 지난밤 미처 챙겨보지 못한 드라마 얘기를 나누며 초췌한 얼굴의 덕산댁에 커피 한 잔을 건넨다. 영업 준비를 서두르는 김여사의 표정 따윈 살필 필요가 없다. 그저 내 집처럼 편안하게 난롯가를 점령하고 앉으면 종일 내 자리다. 미소할매가 콧물이 매달린 강아지 미소를 안고 다시 등장하면 솔라시 뷰티살롱의 본격적인 영업이 시작된다.

오늘도 커트와 뽀글이 파마가 전문인 김여사의 손놀림이 재바르다. 이미 경지에 오른 가위손임을 자타가 인정한 솜씨다. 가격 또한 근동에서는 가장 저렴해 한 푼이라도 아끼려는 어르신들이 그녀의 주 고객이다. 정해진 약속이나 부탁은 없지만 주로 자른 머리카락 쓸어내는 일은 미소할매가, 파마할 때 고무줄과 종이 건네는 사소한 일들은 강구댁이 돕는다. 파마를 풀거나 머리 감기는 일도 그때마다 아무나 거든다. 직원이 따로 없는 솔라시 뷰티살롱이 지금껏 건재한 이유다.

도심의 뒷골목 작은 상가들이 어깨동무하고 살아가는 이곳. 동네 어르신들의 사랑방 같은 미용실이 있다. 나는 이곳을 솔라시 뷰티살롱이라 부른다. 도레미파솔라시도라는 8개의 음계 중 절반의 음을 지나온 이들이 많이 찾는다고 해서 내 나름대로 붙인 이름이다. 그뿐이랴. 솔라시는 점점 올라가는 음이라 또 다른 변화와 발전을 의미하기도 한다.

이순을 넘긴 이들이 주로 모이는 공간이지만, 생기가 있고 즐거움이 있다. 매사에 젊은이들 못지않은 열정과 삶도 있다. 글짓기공부를 해 백일장에도 나가고 댄스교실에 나가 건강관리도 한다. 문화센터에서 다양한 교양과목도 듣고 동네 봉사카페에서 커피도 내린다. 최신 유행한다는 멋 내기 염색이며 피부에 좋다는 식품 정보도 공유한다. 몸에 좋다는 음식과 식재료는 공동 구입해 사이좋게 나눠먹는다. 어느 병원이 친절하고 어느 한의원이 용하다는 소문도 긴밀히 나눈다. 가끔은 언론에 등장하는 이슈를 놓고 짧은 토론도 벌이지만 각자의 생각을 존중해 논쟁은 삼간다.

먼 친척보다 가까운 이웃사촌이 더 낫다는 걸 증명이라도 하듯, 서로 의지하며 끈끈한 유대를 이어간다. 오랜 관계를 유지할 수 있었던 비결이기도 하다. 녹록지 않은 현실을 위로하며 세상을 살아가는 연륜의 지혜다.

이곳은 끼니때가 되면 누구나 찾아와 함께 먹는다. 앞앞이 가져온 반찬과 즉석에서 지은 밥에 숟가락만 들면 된다. 격 없이 나누는 한 끼 공동 식사다. 여름이면 시원한 에어컨이 있고 겨울이면 따뜻한 난로가 있다. 무료한 동네 어르신들이 머무는 공간으로 이보다 더 좋을 순 없다. 예산 절감으로 자주 냉난방이 멈추는 동네 경로당에 비할 바가 못 된다. 더구나 미용실은 밝고 넓다. 구순의 시모를 모시고 있는 김여사의 마음 씀씀이 또한 푸지다 못해 태평양이다. 이렇듯 도움을 주는 이들이 있어 김여사는 비용절감을 해서 좋고, 어르신들은 작은 힘이나마 보태니 심간心肝 편하게 지내서 좋다. 더불어 사는 상부상조의 지혜가 아닐 수 없다.

"지나간 삶을 즐길 수 있는 사람은 두 번 사는 것과 같다." 고 고대 로마시인 마르티알리스는 말했다. 솔라시 뷰티살롱의 이들 또한 지나간 삶을 즐기면서 새로운 삶의 에너지를 얻어 다시 사는 삶의 충만함을 만끽하고 있다. 서로 의지할 때가 가장 아름답다는 것과 생존은 경쟁이 아니라 공생임을 잘 안다. 그래서 살아온 지난 삶이 그들을 더욱 깊게 만들어 도리어 강해지는 나날이다. 서로의 관심과 위로가 그들의 삶에 생명력을 불어넣어 행복한 사람, 영혼이 숨 쉬는 사람으로 만들어 주기 때문이다.

매화가 피고 산수유가 맺혔다. 곧이어 진달래, 철쭉꽃이 열리고 무성해지리라. 아무도 꽃을 말하지 않아도 꽃은 때맞추어 피고 맑은 바람을 일으킨다. 그러나 찬란한 봄도 잠시 봄날은 짧게 간다. 들이치고, 부딪히고, 몰아치는 세상의 번잡함에 이 봄의 황홀을 놓치기에는 한 번뿐인 인생이 너무 아깝다. 생각할 틈이 없다. 있는 그대로 즐기기에도 시간이 모자란다. 이 봄. 더 이상 내 삶이 무너지지 않도록 조심스럽게 내가 나를 다독여야 할 때, 힘들다고 외치기 전에 주위를 둘러보라. 어딘가 있을 솔라시 뷰티살롱 같은 그곳에서 마음의 품이 넓은 이들과 나를 잃지 않도록 지혜를 나눠봄은 어떨까.

처
네

두 아낙이 길을 걷고 있다. 부드럽게 구부러진 논두렁길이
다. 분홍 저고리에 남색 치마를 입은 아낙 뒤를 흰 저고리에
검정 치마를 입은 늙은 아낙이 따르고 있다. 구름 한 점 없는
파란 가을 하늘에 억새가 하얗게 나부끼는 풍년 들녘이다.
치맛자락을 치켜 올려 질끈 묶고 앞서가는 아낙은 커다란 광
주리를 이고 있다. 두어 걸음 떨어져 따르는 아낙은 쪽진 머
리에 처네를 두르고 아이를 업었다. 고부라진 등에 두른 하
얀 처네는 무명을 촘촘히 누빈 누비처네 같다. 처네를 살짝
접어 내리덮었다. 처네 속 아이의 시야를 넓히려 내려싼 걸
보면 분명 등 뒤의 아이는 깨어있는 듯 보인다.

가을걷이하는 날 새참이라도 가져가는 걸까. 아낙이 인 머

리 위의 광주리가 묵직해 보인다. 가을날의 융숭한 먹거리 인심이다. 혹 따르는 아낙은 가을걷이에 품앗이 간 어미 찾아 젖 먹이려 따라나선 할머니인지도. 젖먹이들의 또 다른 천연 인큐베이터인 그 처네의 품이 옹색하지 않고 너르다. 평화로운 들녘의 따뜻함이 스며들어 포스근하다.

오래전 구입해 거실에 걸어둔 그림 속 풍경이다. 가을 들녘의 여백이 주는 포근함과 아낙이 두른 하얀 누비처네가 주는 정겨움에 선뜻 구입한 그림이다. 유년의 집이 그리워 속이 빈 듯 헛헛한 날이면 오래도록 저 그림을 바라본다. 그러면 왠지 그림 속 처네에서 고소하고도 비릿한 어머니의 젖 냄새가 나는 것 같다. 아이의 기저귀 속 배설물 냄새와 눅진하게 밴 어미의 땀 냄새가 물씬 새어나는 것도 같다.

푸른 이끼의 자양분으로 숲이 무성하듯 아이들은 어머니의 또 다른 자궁 속 같은 처네 안에서 그 익숙한 냄새를 자양분 삼아 자랐으리라. 세상에서 가장 너른 어머니의 등에 코를 박고 드넓은 정서의 바다를 유영하다 마침내 둥지가 주는 그 안락함에 곤히 잠들지 않았을까.

내 이웃에 길고 새까만 머릿결에 그보다 더 까맣게 빛나는 눈동자를 가진 처녀가 있다. 홀로 조카를 키우는 마흔 중반의 그녀는 화장기 없는 마알간 얼굴로 조그마한 빵집을 한다. 몇 년 전 갓 시집 온 손아래 올케가 첫딸을 낳고 먼 길 떠나자 동생의 핏덩이를 안고 와 키우는 중이다. 그녀는 오롯이 혼자 손으로 조카를 키우랴 가게를 꾸려나가랴 고충이 커 보였지만 내색 없이 밝다. 얼마 전부터 예쁜 캐릭터 수가 놓인 분홍색 처네에 조카를 들쳐 업고 바깥나들이를 시작했다. 마치 '우리 아기 참 예쁘지요' 자랑이라도 하듯 동네골목이며 공원을 산책했다. 행여 바람 들세라 먼지 들세라 보물처럼 처네를 두르고 아이를 업고 다녔다. 요즈음 보기 드문 광경에 사람들의 눈길이 쏠렸다. 그런데 그 모습이 참으로 엉성하고도 불편해 보였다. 마치 커다란 고목나무에 매미한 마리 어설프게 붙여 놓은 듯해 보는 이들의 마음을 조마조마하게 했다. 처네의 면적을 넓게 해 아이를 안정되게 얹혀야 하는데 꽁꽁 싸매기만 했을 뿐 두른 모습이 불안해 보였던 것이다. "저러다 아이 떨어지겠네." 보다 못한 동네아낙들이 나서서 처네를 고쳐 주거나, 업고 내림이 수월한 처네 두르는 나름의 노하우도 전수해 주기에 이르렀다. 그러자 차츰 그녀의 처네 속이 편해졌는지 보채기만 하던 아이도 방글거리며 웃거나 곧잘 잠들었다. 누군가 유모차를 권했지만 고모는 한사코 거절했다고 한다. 조카와의 따뜻한 체온을 나누고 풍부한 정서로 자라길 원해서라는 이유였다. 그렇게 빵집 조카는 두 돌이 될 때까지 고모의 등에 껌딱지처럼 붙어 자랐다. 하얗게 빛바래진 분홍 처네와 함께.

처네는 어머니의 전용이 아니다. 나도 오빠 셋의 등판을 전전하며 자랐다. 큰오빠가 야물게 처네를 두르고 나서면 둥근 머리를 안락하게 기대 잘 잤다고 한다. 어린 여동생을 위해 그늘만 찾아다녔을 테고 똑바른 자세로 어깨너머로 여러 가지를 볼 수 있게 시야도 확보해 주었을 것이다. 그러나 활동적이고 놀기 좋아하는 둘째 오빠 등판에서는 칭얼거리기만 할 뿐 편히 잠들지 못했다고 했다. 어디든 퍼질러 앉아 놀이에 열중했으니 업힌 동생의 불편함은 안중에도 없었으리라. 간간이 왜소한 셋째 오빠의 등판에도 올랐지만 자주 있었던 일은 아니었다고 한다.

포대기 혹은 뚜데기라고도 불렸던 처네는 정 나눔을 좋아하는 우리의 정서와도 잘 어울렸다. 모든 어머니들이 처네의 도움을 받았다. 여차하면 등 뒤의 처네를 돌려 아이에게 젖을 물렸다. 그러다 보니 집집이 한두 개의 처네는 필수였다. 그중에도 두툼하게 누빈 누비처네는 귀해 장만하기만 하면 여럿 아이들을 업어 키워낸 요람이었다. 나슬하게 닳은 처네는 터울이 잦은 집이라는 증거기도 했다.

나 또한 아이 둘을 처네 하나로 업어 키웠다. 앞으로 안는 서양의 아기 띠보다 처네로 업는 것이 아이의 정서나 성장을 위해서는 더 좋아서였다. 업고 있으면 엄마가 앉거나 서거나 이동할 때 어깨 너머로 여러 가지를 똑같은 시야로 공유했다. 똑바른 자세로 옮겨지기 때문에 신경계통도 빠르게 발달되는 장점도 있었다. 그러나 무엇보다도 엄마가 아기의 건강한 심장의 고동을 느끼며 교감하기에 더 좋았다. 누군가의 체취를 맘껏 느끼고 자란 아이는 밝고 따뜻하다. 정서가 풍부하여 사려 깊고 온화하다. 교감이 발달해 나눌 줄 알고 배려할 줄 한다. 한낱 작은 처네가 주는 큰 의미다.

집집마다 풍족하고 귀하게만 자란 아이들로 넘친다. 모두가 귀한 자식으로 자라다 보니 양보와 배려를 모르는 자기애自己愛 성향만 과도하게 발달하는 것 같다. 여기에 정서마저 결핍되면 자칫 공감능력이 떨어지게 된다. 남의 입장과 심정을 모르거나 무시하며 폭력적인 성향의 아이가 되기 십상이다. 아이의 소중하고 아름다운 정서가 굳어져 '걸어 다니는 폭탄' 같은 아이가 되지 않도록 처네로 품은 것 같은 따뜻하고 마음이 건강한 아이, 성품이 올바른 아이로 키워보는 것은 어른들의 몫이다.

5

가을, 자드락길에서

모
지
랑
비

신발장에 기댄 듯 서있는 갈꽃비 한 자루를 본다. 닳고 닳아 묵직하던 술의 감각도 맵시 있게 찰랑거리던 모습도 없다. 고운 색에 풋풋한 갈의 향도 잃은 지 오래다. 철사 줄로 옭아맨 매음새마다 손때만 반질거릴 뿐 앙상하니 바스라진 그 모습이 차마 안쓰럽다.

어느 늦은 가을의 해 질 무렵, 아버지가 자전거에 갈꽃비 한 자루를 매달고 오셨다. 형산강변의 고운 갈대만을 꺾어 만드신 걸까. 딸이 뛰놀던 강변의 추억도 함께 조여 만들었을 갈꽃비는, 갓 고개를 내밀던 갈대의 향을 그대로 간직하고 있었다. 오래도록 내 손을 잡고 토닥이는 아버지는 빗자루를 건넨 뒤, 찬물 한 그릇으로 목을 축이고 시오리 길을 되돌아가셨다.

　문득문득 차오르는 한숨을 쓸어내리라고 십일 남매의 맏며느리가 된 딸에게 가져오신 걸까. 아니면 자식의 가슴속에 일어나는 오만 허튼 생각들을 쓸어주고 싶었던 당신의 마음이었을까. 아린 가슴 들킬까 서둘러 돌아서던 아버지의 뒷모습을 비추던 그날의 석양은 유난히 붉었다.

　오랜 세월 사용한 탓일까. 색깔마저 검게 변해버린 몽당 갈꽃비를 볼 때마다 내다버리리라 마음먹었다. 그러나 선뜻 대문 밖으로 내놓을 수가 없었다. 마음속에서 아버지를 지워버리는 것 같아 신발장 한구석에 넣어두곤 했다.

　모지랑비를 대신할 갈꽃비를 사려고 시장을 여러 번 둘러보았다. 그러나 예전의 그런 갈꽃비는 좀체 보이지 않았다. 겨우 쓸 만한 갈꽃비를 찾아냈지만 그 또한 신통치 않아 보였다. "소금물에 찌고 그늘에 잘 말려 부서지지 않고 오래 쓸 거요." 선뜻 내키지는 않았지만 정성스럽게 엮어 온 촌부의 말에 마침내 지갑을 열고 말았다.

　요즈음 갈꽃비를 사용하는 가정은 거의 없다. 그렇지만 나는 방을 쓸 때는 갈꽃비만 고집한다. 작은 티끌까지 잘 쓸어져서 좋다. 조용함이 좋고 연약한 갈대가 뭉쳐 먼지를 쓸어내는 그 유연함도 좋다. 그러나 무엇보다 아버지와 유년의 추억을 떠올리게 해주는 것이기에 더욱 좋다.

새로 산 갈꽃비는 역시 별로였다. 먼지를 쓸어내는 힘도 옭아맨 매음새도 야물지 못했다. 쓸어내는 먼지보다 자체에서 떨어지는 부스러기가 더 많았다. 그때 나도 모르게 신발장 속의 모지랑비를 꺼내들었다. 순간 초연히 세월을 받아들인 뒤 모지라진 내 모습을 보는 듯했다.

모지랑비로 치매를 앓고 있는 시아버님 방을 쓴다. 마른 가지에 공생하는 독버섯처럼 하얀 인비늘이 야윈 몸을 뒤덮고 있다. 고달팠던 지난날의 각질 같은 기억들을 벗어버리기라도 하듯 인비늘이 한 줌씩 떨어져 쌓인다. 일평생 십일 남매라는 자식을 거두고 남은 건 굽어진 등과 잃어버린 기억뿐. 영원히 잠들지도 모른다는 불안감 때문인지 지독한 불면증에 시달리신다. 오직 믿을 건 머리맡의 약뿐이라는 생각이실까. 밤새 만지작거린 약봉지 가루가 방바닥에 하얗다. 저릿한 가슴으로 방을 쓸고 나왔다.

담배 연기 자욱한 남편의 방. 짊어진 가장의 무게만큼이나 담배 냄새 절은 고단한 방이다. 방바닥 여기저기에 널브러져 뒹구는 흰 머리카락이 대가족의 가장으로 사는 고달픔을 대변해 주고 있다. 오늘도 달랑거리는 통장의 잔고에 걱정하고 일어났을 그의 방을 쓸어 본다. 쓸고 쓸어도 가족에게 내색할 수 없는 가장의 고뇌는 쓸지 못하고 한 움큼 머리카락만 쓸고 나왔다.

이층 아이들의 방을 쓴다. 방마다 청춘의 병을 앓는 정체 모를 신음소리로 요란하다. 방황의 흔적으로 아득하다. 때론 분노로, 갈등으로, 세상을 마주하는 아이들이 보여주는 대응의 양태는 저마다 다르다. 그들이 살고 싶은 삶과 현실의 삶이 어쩔 수 없이 다르다 해도 미래를 설계하는 아이들의 방에는 희망과 용기가 있어 안도한다. 그들의 갈등도, 아픔도, 기도하는 마음으로 깨끗이 쓴다.

태풍처럼 휘몰아치며 변화무쌍했던 지난날들이었다. 모든 변화가 다 유용한 것도 필요한 것만도 아니었지만 어찌 처연하다고만 할까. 아리다고만 할까. 언제나 그 자리를 마지막까지 지키는 일은 내 몫이었다. 나의 본분이기도 했다. 그 본분을 지키기 위한 올바른 마음가짐을 한 자루 갈꽃비에 담아 건네주고 돌아서던 아버지의 마음을 알기까지는 오랜 시간이 걸렸다.

가족은 내 존재의 근원인 동시에 굴레이기도 했다. 대가족의 맏며느리로 사는 시간들은 녹록지 않았다. 시소게임 같은 삶의 굴곡을 안으로 삭이면서 본분에 충실하려고 애썼던 지난 세월. 진실함을 목표로 삶을 영위하고 그럴 수 있기를 갈망했다. 그것이 마음처럼 전개되지 않았다 해도 이제 편안해진 자신을 돌아볼 수 있게 되는 것은, 순리적인 삶을 살아오면서 어느덧 나도 그 속에 순화된 것은 아닐까.

많이 고단했던가 보다. 열린 신발장 한 귀퉁이에 모지랑비가 졸고 있는 듯 보인다. 갈꽃비는 사각사각 울어대던 갈대숲의 지난날을 아직도 꿈꾸고 있는걸까.

골목 정담 情談

골목은 천 개의 귀를 가졌다. 그 귀로 골목 소리를 듣고 다른 골목으로 가는 바람에 소식 묻어 보낸다. 한 줄기 바람에 실려 오는 사람 사는 이야기에 귀 기울이고 한 잎 굴러든 상처 난 낙엽의 사연을 듣는다. 수많은 발자국에 귀를 세우다가도 돌아오지 않는 발자국을 기다리기도 한다. 골목의 귀는 밤에도 잠들지 못한다. 잠 못 드는 누군가의 뒤척임과 숨죽여 흐느끼는 이불 속의 사연에도 함께하기 위해서다.

오래된 나만의 버릇이 있다. 오늘처럼 수해 걱정으로 잠을 이루지 못하는 날이거나 불편한 감정들을 흘러가도록 두지 못하고 연연해 뒤척이는 날이면, 나는 눈을 감고 유년의 마을 한 바퀴를 돈다. 마음이 순환하지 못하고 좁아졌다는 그

뚜렷한 증거는 비움을 의미하기 때문이다. 쉬이 잠을 청할 목적보다는 일종의 내적 공간을 넓힐 마음의 시간여행인 셈이다.

골목길이 있었다. 사람들은 길을 물어 길을 만들었다. 커다란 막걸리 독에 박 바가지가 동동 떠다니는 구멍가게와 찌그러진 나무의자 두 개가 전부인 이발소가 있었다. 할머니들이 둘러앉아 옥수수 한 자루로 정담을 나누던 후박나무 아래 낡은 평상이 있었고, 등겨가루 뽀얗게 날리던 방앗간도 있었다. 나는 뒷짐을 지고 그 골목골목을 나풀거리며 걸었다.

대문을 나서 처음 마주하는 곳은 깨금발을 해야 보이는 커다란 우물이었다. 길가에 바짝 나앉았지만 수질이 좋지 않은 탓에 빨래하는 아낙들의 수다와 방망이 소리만 들렸다. 우물을 지나 성희네 높은 탱자나무 담을 끼고 돌면 양계장이 나왔다. 하얀 계란이 닭똥 위로 굴러 내려오던 3층 양계장엔 남철이 오빠가 계란 수거를 돕고 있었다. 코를 막고 빠끔히 들여다볼라치면 심기 불편한 닭들이 불청객을 향해 눈을 부라렸다. 박씨들이 모여 사는 골목 한가운데는 커다란 나무 고깔을 쓴 공동우물이 있었다. 친인척으로 맺어진 그들만의 우물은 맑고 깊었다. 들여다보면 찰랑거리는 물소리가 두레박을 타고 올라와 귀를 간질였는데 샘이 깊으니 물맛 또한 좋았다.

잰 걸음으로 골목을 다 찾아 돌아도 잠이 들지 않는 날이 있는가 하면 걷다가 좁은 골목에 갇힌 채 잠이 들 때도 있었다. 들여다보면 사연 없는 골목은 없었다. 좁거나 넓거나 골목은 사람 사는 이야기들로 이어져 있었다. 홀로 다니기가 심심했을까. 골목은 운명처럼 도랑을 끼고 사이좋게 다녔다. 가옥이 있어 골목이 생겨났고 배수를 위한 도랑 또한 필수였을 터였다.

더워진 날씨 탓에 해가 진 어둑해진 골목으로 산책을 나간다. 걸으면 많은 것을 볼 수 있고 생각할 수 있는 곳도 골목이다. 천천히 지나가기 때문이다. 특히 여름 골목은 생동감이 있다. 조금은 답답하지만 초록이 있어 아늑함도 있다. 골목 어디선가 사람 냄새 품은 푸른 풀이 돋아나는 기분이 들기도 한다.

가까운 곳에 시원한 바람을 만날 수 있는 강이 있고 바다가 있다. 그렇지만 나는 골목 산책을 즐겨 한다. 막 불이 켜진 낡은 대문의 노란 등이며 서로 고개를 빼 밀고 앞다투어 담을 넘으려는 꽃과 나무를 무한정 만나기 때문이다. 자투리 공간에 소담하게 핀 꽃과 식물에 눈을 맞추고 텃밭에서 마디게 자라는 먹거리들에 칭찬도 아끼지 않는다. 퇴근하는 부모님을 기다리는 여러 표정의 아이들을 만나는 곳도 골목이다.

좁고 옹색해 보이는 구불구불한 골목길과 작은 경사로 리듬 타듯 오르내리는 언덕배기. 손바닥만 한 정원 가득 여름이 푸르게 익어가는 낡은 이층집. 구옥舊屋들 사이에 간신히 어깨를 비집고 들어서 있는 어정쩡한 현대식 빌라들. 그 아래 낡은 처마와 처마를 어깨동무하듯 다정히 포갠 개량한옥들. 그 모두를 하나로 꿰어주는 건 실핏줄처럼 사방으로 이어진 골목이다. 그런 골목에 들면 잃어버린 기억과 조우하듯 반갑다. 눅진하게 녹아든 사람 사는 냄새에 콧구멍을 늘이고 더 천천히 걷게 된다. 그러면 종일 후들거리던 다리를 다독이고 무사히 집으로 향할 수 있는 힘도 생겨난다. 골목이 주는 힘이다. 어디 그뿐인가. 담 넘어 오는 이웃집 식구들의 하루치 대화를 엿들을 수 있는 곳이기도 하니 무한정 걷게 된다.

집을 안식처라 부를 수 없는 사회에 살면서 나만의 아지트 하나쯤은 갖고 싶었다. 불안과 욕망의 대명사로 불리는 집은 이제 더 이상 우리에겐 안락한 휴식처가 되지 못한다. 그럴 때면 골목은 시작에서 끝까지 만만찮은 삶이라도 내가 살아있다는 것을 확인 시켜주곤 한다. 걷다 보면 막히고 못난 생각들 슬며시 내려놓고 오는 곳도 골목이다.

이제 그런 골목이 사라져 가고 있다. 밤새워 걸었던 유년의 그 골목도 기억 속에 있을 뿐이다. 그곳에는 사연이 있었고, 이웃이 있었고, 우리가 있었다. 하지만 이제 그것마저 사라지려 한다. 골목이 낡아서, 당신이 낡아서라는 그 이유만으로 사라지는 골목에 옹색해진 마음 한자락 남긴다.

유월의 밥상

어느새 더워졌다. 한낮의 햇살이 만만치 않다. 계절은 단 한 번도 순서를 어기지 않고 우리에게 온다. 봄을 짝사랑한 겨울도, 겨울을 사랑했지만 가을의 방해로 이루지 못할 사랑을 한 여름도, 끝내는 뒤도 돌아보지 않고 서둘러 갈 길을 재촉한다. 봄이 아무리 여름을 사랑한다 해도 여름은 봄을 받아들이지 않았다. 이제 봄은 사라지고 없다. 벌써 지치는 지 식구들이 처져 있다. 수저의 움직임도 맥없이 더디다. 입 맛이 없는지 부실한 밥상을 물리면서 반찬 타령을 한다.

우리에게는 스치듯, 혹은 진하게 조우했던 어떤 인연들이 있었다. 그 인연은 사라졌거나 사라져간다. 그리고 새로운 만남과 의미는 또다시 찾아와, 우리 안에 깃들어 있던 소중한 것들이나 잊혔던 것들을 불러내곤 한다. 오늘 식구들의 반찬타령에 어머니의 밥상을 소환해 본다.

해 질 녘이면, 식구들이 마당 평상에 둘러앉아 보리밥 쌈을 먹었다. 어머니의 보리쌀 씻는 소리를 들으며 우리들은 진종일 강으로, 들로 나대던 몸을 평상에 풀어놓고 밥을 기다렸다. '타닥타닥' 아궁이에 마른 보릿대 타는 소리를 자장가 삼아 설핏 잠이 들었다가도 등목하던 아버지의 '씻어라'는 소리에 깜짝 놀라 일어나곤 했다. 때마침 부엌을 넘어온 구수한 햇보리 밥 냄새에 미적이던 엉덩이를 번쩍 들고 나가 씻었다. 물 두어 바가지 뒤집어쓰고 밥상 앞에 앉으면 똘망똘망한 새 앙쥐 눈을 닮은 햇보리 밥이 기다리고 있었다. 밥상 앞에서 깨작거리는 아이는 없었다. 게 눈 감추듯 끌어넣었던 점심이 소화된 지는 오래였다. 거물거리는 눈을 비벼가며 빈속을 채우기에 바빴다. 어머니가 뚝배기에 보리밥을 비비면, 된장 뜨는 숟가락 소리도 요란해졌다. 물큰한 강된장에 텃밭의 푸성귀 한 양재기도 삽시간에 사라졌다.

얼굴에 허연 마른버짐 핀 아이들도, 지팡이에 간신히 의지해 다니던 어르신들도 힘들게 넘어온 보릿고개를 자축이라도 하듯, 볼이 터져라 쌈을 싸 입에 밀어 넣었다. 제비 새끼처럼 입 벌리고 기다리는 어린것들의 입에 어머니는 보자기

쌈을 넣어주느라 바빴다. 꺼끌꺼끌한 찐 호박잎, 향긋하면서 고소한 깻잎, 야들야들하게 삶은 달짝지근한 양배추 등 텃밭의 푸성귀 잎은 죄다 밥보자기였다. 농익어도 꼿꼿하게 하늘 향해 고개 숙이지 않는 보리의 생명력 탓일까. 보리밥 한 그릇에 어머니의 손맛까지 더해진 쌈이면 그해 여름은 충분했다.

강을 끼고 사는 건 생활의 덤이었다. 본격적으로 농번기가 시작되기 전, 갈대숲으로 숭어가 돌아왔다. 강 하구로 돌아온 살 오른 숭어는 무리를 지어 은비늘을 번쩍이며 자태를 뽐냈다. 강가에는 초망 던지는 이들의 팔뚝에 우끈우끈 힘이 솟았다. 아버지가 숭어 아가리에 갈대를 엮어 오는 날이면, 어머니는 살로만 잘게 다진 할아버지의 회와 뼈째 다진 아버지의 회를 따로 쳤다. 남은 대가리와 뼈로 우려낸 국물은 치아가 부실한 할아버지를 위해 호박잎을 찢어 넣고 탕을 끓였다. 심심하면서도 된장의 그윽한 맛이 잘 어우러진 깊은 맛이었다. 남은 숭어는 소금으로 간을 해 바람에 말렸다. 구덕해진 숭어는 파, 고추, 마늘에 쌀뜨물을 자작하게 부어 한소끔 끓이다 맑은 젓국으로 간을 해 먹었다. 담백한 국물맛과 쫄깃한 식감은 늦봄 최고의 맛이라는 우럭에 조금도 뒤지지 않았다. 밍밍한 것 같아도 먹을수록 여운이 남는 끝맛은 최고였다. 형산강이 섬안 사람들에게 하사한 고마운 선물이었다. 유월에 오르는 어머니의 밥상 중 단연 으뜸이었다.

이제는 모든 것을 남이 해 주는 세상이다. 특히 식생활이 가장 두드러진 부문이다. 쌀, 간장, 된장 등의 요리재료 소비는 급감했다. 반면 배달음식이나 간편식의 소비는 크게 늘었다는 통계다. 편의점 도시락이 집밥을 대신한 지 오래다. 맛집을 찾아 나서는 취미를 공유하고 시켜 먹으니 부엌의 존재도 위협받는 시대다. '집밥 시대'의 끝을 공언하는 것 같아 쓸쓸하다.

어시장 좌판대 위에 제철 우럭이 싱싱하다. 미끈한 자태에 눈도장을 찍는다. 비교적 밝은색의 무늬로 보아 자연산이 틀림없다. 실한 놈 두어 마리를 사와 대파와 무를 큼직하게 썰어 넣고 미나리와 고춧가루를 듬뿍 넣어 향긋한 매운탕을 끓인다. 칼칼한 냄새에 식구들이 모여들어 입맛 다신다. 된장으로 살짝 버무린 배춧잎 무침, 구뜰한 묵은지, 다문다문 강낭콩이 박힌 고슬고슬한 밥, 담백하지만 쫄깃하고 차진 식감과 씹을수록 올라오는 우럭의 단맛에 식구들의 수저가 바빠진다. 그래 오늘 저녁 밥상은 우럭 매운탕이다.

잔
의

미

학

　잔의 일생은 기다림이다. 제 속을 내어놓고 채우거나 비우
는 연속의 삶이다. 넘치는 것은 내 것이 아니기에 제 몫 이상
을 탐하지 않는다. 비워지면 기다리면 될 일이다. 담기는 것
에 우선하는 단호함은 잔의 낮은 자세다. 차를 마시거나 술
을 마실 때 불편하거나 어색하지 않은 한 특별한 존재감이
없는 이유다.

　길 건너 후박나무 그늘 짙은 레스토랑 창가, 테이블 위에
네 개의 잔이 묵언수행默言修行 중이다. 한 공간에 있지만 각
기 다른 표정으로 손님 맞을 꿈을 꾸는 걸까. 눈여겨보아 주
지 않는 뒷모습도 보아달라는 듯 엎드려, 손길 닿을 한 사람
을 기다린다. 그 진득한 기다림의 끝에는 누군가에 의해 세

워져 채워질 거라는 믿음이 있기 때문이다.

4년 전이었던가. 파리 근교의 작은 공원이 있는 마을에서 봄을 맞은 적이 있었다. 서울의 봄보다 조금 늦은 파리의 봄은 바이올렛과 레드, 그린이 어우러진 원색으로 화려함의 극치를 보였다. 공원의 이름 모를 꽃과 새들에 코와 귀를 열어 놓고, 눈과 입을 맞추느라 시간 가는 줄 모르고 지냈다. 그렇게 취한 듯, 한참을 배회하다 그도 시들해지면 실개천이 흐르는 공원의 서쪽 끄트머리 작은 카페를 찾아들곤 했었다.

카페는 소담스러웠다. 떨어진 벽체를 담쟁이덩굴이 빼곡히 감싸고 있을 뿐 특이함은 없었다. 다만 주인의 취향을 대변하듯 가게 앞에 줄지어 선 노란 튤립 화분이 인상적이었다. 그러나 작은 실내 분위기는 퍽이나 몽환적이고 신비로웠다. 삼면의 벽에 진열된 수많은 잔들이 주는 독특한 분위기에 나는 자주 흥분하곤 했다. 그리스인 남편과 프랑스인 아내가 평생 수집해 간직하고 있다는 잔을 손님 위해 내놓은 특이한 카페였기 때문이었다.

테이블 대여섯 개가 전부인 작고 아늑한 그곳에는 쿠키 굽는 냄새와 은은한 차향으로 가득했다. 메뉴라고는 서너 종류의 쿠키와 다양한 허브와 홍차가 전부였다. 갓 구워 소쿠리에 담아낸 고소한 쿠키를 직접 골라 접시에 담고, 마음에

드는 잔을 골라 테이블에 앉으면 하얀 프릴 앞치마를 두른 안주인이 차를 내왔다. 나는 표면에 사선이 깊게 파인 옅은 블루색의 손잡이 없는 잔에 눈을 맞추고 차를 마셨다. 그럴 때면 받쳐 든 두 손의 미세한 떨림 같은 반짝임이 블루의 은은함과 어우러져 로맨틱한 분위기를 자아냈다. 선택받아 내 앞에 놓인 잔에 온기 어린 입맞춤을 하고, 나직이 속삭이는 은밀한 사랑놀음 같은 그 특별한 경험은 충분히 이색적이었다. 그 잔은 마치 나만을 위해 존재하는 양, 그 자리에 기다렸다 나를 맞아주곤 했다.

잔은 독립적이지 않다. 어울림을 좋아해 한 공간을 소비하기도 창조하기도 한다. 담기는 것이 무엇이든 개의치 않는다. 그저 제 속의 것을 품고 함께 어우러질 뿐이다. 떨리는 입술, 마른 입술에 위로라는 친구가 되기도, 슬픔도, 한숨도 받아주는 곁이 되어 주기도 한다. 잔의 존재 이유다.

요즈음 잔에 대한 창의創意의 여지가 상대적으로 많아지고 있다. 그러나 최종적인 목적은 담기는 것을 위한 노력이다. 바닥과 몸통, 손잡이로 이어지는 하나의 완결적 구조는 보다 다양한 선과 면으로 실용과 미적 가치를 구현하려는 자들의 욕구에 부응하고 있다. 잔을 만드는 이도 사용하는 이도 쓰임을 초월해 보임의 경지에까지 이른 잔이라면 금상첨화가 아닐까.

기다림의 시대이다. 누구에게나 그 어떤 순간은 분명 존재한다. 간절함은 기회를 부르고 원하는 것이 때와 일치할 때 어떤 빛이 발광하는 순간은 온다. 비워진 뒤에도 남겨진 공간을 채우고 또 다른 만남을 기다리는 잔의 소박하지만 위대한 미학. 기다려야 굳는 관계가 있고 기다려야 오는 게 있듯, 기다림이 사람의 기본이고 바탕인 사회다. 우리는 기다려야 마땅한 것들의 가치와 의미를 잔에서 배운다.

관계의 거리

　성능 좋은 스피커를 장만했다. 노래방을 설치하기 위해서다. 좋은 장비를 마련했으니 기대도 크다. 그러나 나이 들어 청력이 떨어진 허름한 장비[귀] 탓일까. 도무지 소리는 왕왕이지러지고 귀만 아프다. 반주 음악도, 내 귀도 본래 성질을 잃고 과잉되어 부서지기만 한다. 스피커에서 물러나 볼륨을 이리저리 조절해 본다. 거리감이 생기자 과밀하게 팽창했던 달팽이관이 서서히 안정을 찾는다. 반주 또한 본래의 선율을 또렷하게 되살린다. 장비는 변명에 불과했다. 마음이 가라앉으면서 먹먹해졌던 고막도 환하게 밝아진다. 스피커와 딱 이 정도의 거리. 가장 온전하고 적당한 거리에 의자를 놓는다.

오래전 집을 지었다. 낡고 좁은 공간에 부대끼던 대가족의 불편이 극에 달했을 때였다. 적은 돈으로 튼튼한 집을 짓고 싶었다. 모든 건축주의 마음이 이러했을 터였다. 고심 끝에 육 개월 완공을 계획하고 직접 발품을 팔기로 했다. 자재를 사다주고 분야마다 사람을 물색해 맡기기로 하면서 긴 고난의 전쟁은 시작되었다. 바쁜 남편을 대신해 하룻강아지 범 무서운 줄 모르고 전면에 나섰던 것도 화근의 단초였다.

최고라고 찾아간 설계사는 도무지 믿음이 가지 않았고 무뚝뚝했다. 남의 말에 눈을 감고 경청하는 태도 역시 무성의해 보였다. 실망스러워 의뢰 결정을 미루었다. 그러다 다른 일로 그와 대화할 기회가 몇 번 있었다. 말이 없는 것은 일에 임하는 그만의 진중함이었고, 눈을 감고 경청하는 것도 심각할 때 하는 버릇임을 뒤늦게 알았다. 어느 순간, 내 안의 어떤 기름기 같은 게 쑥 빠져나가는 느낌이 들었다. 그와 본격적인 대화를 시작했다. 설계비 절감과 실용적인 공간 활용을 주문했다. 그 또한 오랜 경험을 바탕으로 충분한 설명을 곁들여 의뢰인의 까다로운 주문에 적극 동의해 주었다. 설계사와 의뢰인의 딱 그만큼의 거리. 그 팽팽하고도 긴장감 있는 거리에서 나온 설계도면은 그도 나도 흡족했다.

살던 집을 부수고 터파기를 하려 중장비가 왔다. 까맣게 그을린 중장비 기사 얼굴에 설핏 오래전 낯익은 모습이 있었다. 초등학교 소꿉친구였다. 믿고 맡기니 현장에 꽂혀 날을 세우던 신경줄이 다소 느슨해졌다. 그런데 친구의 의욕이 지나쳤을까. 아뿔싸. 터파기를 하던 친구가 그만 대형 수도관을 건드려 버렸다. 삽시간에 집터는 커다란 물웅덩이로 변해 버렸다. 잘 해주고 싶었던 친구와 잔소리로 들릴까 봐 수도관 위치를 미리 알려주지 못한 나는 사색이 되어 동시에 웅덩이를 들여다보았다. 시꺼먼 웅덩이 속은 분란만 생길 것 같은 두 친구의 뜨거운 속내 같았다.

한때, 집짓기가 중단되는 최악의 상황이 벌어지기도 했다. 설비와 미장, 전기공사를 하는 그들은 만났다 하면 고성이 오가고 연장이 날아다녔다. 두서없이 일을 하다 보니 문제가 생겼다. 그리고 그 문제는 모두 내 탓이 아닌 네 탓으로 돌렸다. 애초에 그들에게 일의 순서란 없었다. 오고 싶은 날, 시간 나는 날이 그들이 작업하는 날이었다. 순서 없이 중구난방으로 한 일의 결과는 뒤죽박죽이었다. 깨끗이 미장된 바닥을 뒤늦게 나타난 보일러공이 부족한 작업을 한다고 깨냈다. 설치한 배관이 좁다며 전기공이 마감한 벽을 두들겨 선을 빼내기도 했다. 모든 게 네 탓으로 시작된 공사는 결국 모두의 탓으로 끝날 심각한 지경까지 가고 말았다. 더 이상 공사의 진전은 없었다. 다가오는 입주 날짜에 완공을 장담할 수도 없는 상황이었다. 더 이상 두고 볼 수는 없었다. 그들의 관계 정비를 위해 정면에 나섰다.

사람과 사람의 애매모호한 관계의 거리. 그 중심에는 복잡한 감정과 이해득실이라는 묘한 것들이 얽혀있다. 일을 전면 중단시키고 강력한 경고로 결단을 촉구했다. 다행히 극약처방은 적절한 시점에서 그 효력을 발휘했다. 마침내 그들은 무언의 약속이라도 하듯, 시간과 순서를 조율해가며 마무리를 했다. 그러나 완성된 거리공식이란 없었다. 어떤 공식으로도 풀 수 없었던 그때 그들만의 복잡한 속내를 지금도 나는 모른다.

내가 만났던 그때 그 사람들은 잘못된 관계가 빚어논 범 같은 존재들은 아니었을까. 의뢰하는 사람도, 일을 하는 사람도 마치 하룻강아지와 범의 관계처럼 먹느냐, 먹히느냐로 살벌하게 신경전을 벌였던 기 싸움의 원천. 그것은 바로 온전치 못한 관계에 있었다.

삶이 팍팍하다. 도처에 가짜로 으르렁거리며 등장하는 범들 때문에 오금이 저린다. 그러나 사실 나는 너를 범이라 여기고 너도 나를 범이라 여길 뿐이다. 정작 범은 어디에도 없다. 범은 그저 내 마음속 어떤 부담감이나 두려움을 먼저 내

세운 공포의 표상일 뿐이다. 실제 그편에선 아무 내색도 시늉도 안 하는데, 지레 힘에 부쳐하면서 안절부절못하는 우리의 마음상태가 아닐까. 정작 내가 마주친 건 범이 아니라 어쩌다 비슷한 상황을 맞아 이편과 똑같이 좌불안석에 놓여버린 또 다른 사람일 수도 있다. 나도 보호받고 상대도 보호받을 수 있는 온전한 관계의 거리. 그것은 마주 앉는 것에서 시작된다.

　그 관계의 거리 유지는 스스로를 찌르고 남을 발가벗기는 행위가 아니라, 절대적인 자기애로 타인까지 끌어안는 순연純然한 덕에서 출발한다. 살아가면서 가장 큰 기쁨을 주는 것도, 가장 큰 괴로움을 주는 것도 사람과의 관계에서 비롯된다. 온전하고 적당한 관계의 거리 추구는 우리 모두가 지향하는 인생의 요원한 숙제다.

가을, 자드락길에서

코스모스 때문에 길을 잘못 들었다. 쌀쌀한 가을 햇살에 줄지어 선 해맑은 코스모스에 시선을 빼앗긴 게 화근이었다. 쉽게 찾을 거라는 안이한 생각과 초행길에 내비게이션도 켜지 않고 길을 나선 내 잘못이 더 컸다. 그러나 어쩌랴. 이미 속절없이 많이 와버린 길. 돌아가기엔 너무 늦었다.

뒤늦게 내비게이션을 켜 목적지를 검색해 보지만 나오지 않는다. 서두르다 두고 나왔는지 휴대폰도 보이지 않는다. 친구의 집들이로 준비한 팥 시루떡이 쉬기 전에 가야 하는데 속이 탄다. 간절함이 기회를 불렀을까. 때마침 이곳 지리에 밝다고 자신하는 이를 만난 건 행운이었다. 좀 두르긴 해도 나지막한 서쪽 산기슭을 따라가다 보면 목적지가 나온다고 했다. 어디로든 통하는 게 길이라는 사실을 잠깐 잊었다. 강요된 것들에서 혼자 이탈해 다른 길을 가는 외로움도 누릴 만한 호사라 여겨 무작정 나선다.

좁은 산 진입로 경사진 오르막을 오른다. 기우뚱하면서 차체가 무성한 풀숲으로 쏠린다. 핸들을 바투 잡고 멀리 산수화에 점 찍힌 인물처럼 보이는 산 중턱의 농부들을 본다. 지금 저들은 내년 봄을 맞이하기 위해 버려야 할 것, 거둬야 할 것, 남겨야 할 것들을 헤아리고 선택하는 중이리라. 일상에서도 저들의 가을걷이 지혜를 새겨볼 필요가 있는 것은 마음이 언치거나 놀랐을 때나 허둥대다 놓치는 것이 많은 오늘 같은 날이다.

바람도 없이 하늘거리는 코스모스 위에 고추잠자리가 유영한다. 비탈진 산기슭의 밭작물과 과일나무들은 스스로 살아가는 식물처럼 고요한 정적 속에 있다. 자기 생각 조금 줄이고, 남의 생각 조금 더 받아들이고 그렇게 어울려 살 것만 같은 푸근한 풍경이다. 잘못 든 길에서의 눈 호사다.

수확한 채소를 가득 실은 트럭 한 대가 앞서가고 있다. 같은 길을 지나는, 서로 다른 속도와 질감으로 나보다 앞서 길의 한끝으로 사라진다. 뽀얀 먼지를 날리며 같이 가는 길이지만 길의 끝은 다르다. 지고 다니는 삶의 무게가 다르기 때문이리라.

이십대에 '근사한 어른'이 되는 꿈을 꾸었다. 무엇이 옳고 그른지 알고, 옳은 일을 하는 데에 겁먹지 않는 어른. 서툴지만 뜨겁고 애틋한 모든 사랑을 경험한 뒤 더 이상 사랑에 흔들리지 않는 어른. 그런 어른이 되기 위해 가고자 했던 길의 꿈은 소박했다. 욕심껏 내달릴 수 있는 넓고 편한 길은 언감생심 바라지 않았다. 까마득히 높은 고지를 향해 숨차게 올라 희열하는 정상의 길도 욕심내지 않았다. 그저 후회하지 않고 한탄하지 않는 삶의 길을 희망했을 뿐이었다.

한참을 오르고 올라 산허리를 부여잡고 돌아간다. 노근한 오후의 한나절. 햇살 때문일까. 눈꺼풀이 내려앉는다. 가방을 멘 한 무리의 아이들이 어디론가 날아가듯 뛰어간다. 학교 앞 문방구에서부터 빨았을 막대사탕을 입에 물었으니 달콤한 달음박질이다. 지금 저들에겐 멀리 날고 싶은 푸름만 있을 뿐 무슨 체면이나 제한이 있겠는가. 흔드는 고사리 손들이 삼색의 한 다발 코스모스 같다. 먼 훗날 제각각의 길을 가고 있을 저들의 다양한 길이 문득 궁금해진다. 까르르륵 웃음소리에 구름은 밝고 하얗게 뭉친 한 폭의 수채화를 그린다. 투명한 하늘 어항을 유영하던 잠자리 떼가 수채화 속으로 아득하게 멀어진다.

멜라니 사프카 노래를 틀고 창문을 연다. 강렬한 슬픔이 전신으로 느껴진다. 아플 때 더욱 살을 지져 아픔을 깨우치면서 스스로를 극복해 나가라는 따끔한 충고 같다. 이 계절, 짝짓기를 서두르는 귀뚜라미와 하루빨리 알을 남기고 떠나야 하는 각다귀들이 부르는 노래는 또 어떤가. 다음 봄을 잉태하고 생명을 남기려는 사랑의 의지다. 죽음을 예감하는 쇠락의 절정에서 내는 강렬한 몸짓이다. 어쩐지 삶에 대한 애착을 구가하는 슬픈 소리라 들으니 처연하다.

경사가 있는 내리막길이 이어진다. 가속페달만 밟던 다리가 미처 대처하지 못하고 위태롭게 미끄러진다. 인지하지 못하고 맞았던 내 인생의 내리막길도 이와 다르지 않았다. 오르막만 지향하던 굳어진 습성 탓에 가파른 내리막엔 속수무책이었다. 아픔이 배가되어도 오롯이 자신의 몫일 수밖에 없었다.

쌀쌀한 가을바람에 농부들이 땀 흘려 맺은 결실의 잔해들이 길 양편에서 해바라기 중이다. 배시시 드러누워 시선을 강탈하는 빨간 고추의 요염한 자태에 자꾸 눈이 간다. 흙을 내린 밭의 무들이 바지를 내려 엉거주춤 볼일 보려다 들킨 자세로 엉덩이를 내놓고 있다. 그 하얀 속살들이 푸르게 물들고 있다.

가까운 산사에서 종소리가 들린다. 끊임없이 맑게 울려 퍼진다. 목적지가 가까워졌다는 소리다. 고통의 종소리가 울려 퍼져야 산사가 아름답듯, 내 인생길에 울렸을 수많은 종소리는 무엇을 위해 울렸을까. 내 삶에 고통이 존재하는 것은 내 존재의 맑은 종소리를 위함이 아니었을까. 타종의 고통을 두려워하지 말고 기뻐해야 할 일이다. 오늘도 누군가 종 메로 강하고 거칠게 친다 해도 머리 숙여 감사할 일이다. 저 종소리처럼 맑고 아름다운 소리를 위해. 그리고 이 가을 자드락길에서 만난 모든 것들을 위해서 나는 달린다.

뒤웅박

풍경 밖으로 새들이 날아간다. 감빛노을이 발묵潑墨처럼 번지고 먼 산은 조금씩 어스름에 잠긴다. 뒤란 대숲에 내려 앉는 바람의 옷자락이 차갑다. 아비의 손을 잡은 아이가 구름 위의 새떼를 올려다본다. 이윽고 초가 한 칸이 느티나무 뒤에서 고즈넉해질 때, 닭 울음소리가 길게 낙관을 찍는다.* 그제야 붓을 내려놓으며 훅! 하고 참았던 숨을 뱉어낸다.

유년의 고향 집 싸리 울타리엔 크고 작은 박들이 주렁주 렁 열렸다. 이른 봄, 씨앗을 심기 무섭게 새싹이 나면서 넌출 은 가뿐하게 울을 넘었다. 초가지붕 위로 올라간 덩굴은 초 여름쯤엔 꽃단장하듯 흰 꽃으로 수를 놓았다. 긴 장마와 따 가운 햇살을 이기고 가을이 되면, 박들이 울타리며 처마 끝에 올망졸망 매달리곤 했다. 아버지는 서리가 내리기 전 서둘러 박을 따 내렸다. 뒤웅박을 만들기 위해서였다. 뒤웅박은 박이 완전히 익기 전에 만들어야 하기 때문이었다. 가을 툇마루에는 종鐘 모양의 박들로 넘쳐났다. 아버지는 속을 파내고 잘 말린 후, 끈을 달아 채소 씨앗이며 꽃씨를 담아 여기저기 벽에 걸어두었다. 바람이 불면 풍경처럼 달그락거리며 저희들끼리 부딪는 소리가 겨우내 온 집안에 울려 퍼졌다.

봄이 오면 뒤웅박 속의 씨앗들이 기지개를 켜며 들로 나갔다. 긴 겨울잠에서 깨어난 상추며 깻잎, 열무가 텃밭에 심어졌다. 아버지는 그때마다 어린 나를 데리고 가 당신이 하는 일을 손수 돕게 했다. 호미로 살짝 들어 올린 찰진 흙구덩이에 씨앗 서너 개씩을 묻었다. 봄비를 맞아 부드러워진 흙들은 암탉이 알을 품듯 어린 씨앗을 품어 안았다. 파종이 끝나면 그제야 아버지는 "옛다 가지고 놀아라." 하며 어린 우리들에게 빈 뒤웅박을 던져주었다. 그러나 뒤웅박은 장난감으론 그다지 쓸모가 없었다.

요즘 호박이 웰빙 바람을 타고 몸값이 치솟고 있다. 울퉁불퉁 못생겼지만 어디서든 목 좋은 곳을 차지하고 앉아 거드름을 피우고 있다. 유난스럽다 싶게 건강에 예민해진 현대인들의 인기 있는 영양식으로 최고이기 때문이다. 거기에 비해 박은 어떤가. 미모로 보나 피부 결로 보나 저보다 못한 호박에 밀려 애써 찾지 않으면 보기조차 어렵다. 같은 채소라도 먹을거리로 치면 호박에게 밀리고 덩치로 봐도 한참 열세다. 덩굴에 열리는 채소라는 공통점이 있지만 식용으로도 별 가치가 없다. 투박한 호박이 억척스러운 촌부라면 박은 사가私家의 깊숙한 곳에 은거하는 별당아씨 같은 존재다.

굴곡진 삶을 살아온 여인의 얼굴 흔적이 호박이라면, 박은 별당아씨의 맑고 환하게 피어나는 얼굴이다. 박은 달콤한 맛으로 사람들의 혀를 자극하지도 못하고 화려한 꽃으로 지나가는 이들의 발길도 붙잡지 못한다. 그러나 그 자태만큼은 호박의 추종을 불허한다. 젊은 여인의 뒤태가 저리도 아름다울까. 달빛 환한 밤, 지붕 위에 비스듬히 누운 박의 고혹적인 자세를 보면 누군들 숨 막히는 관능미를 느끼지 않으랴.

박 공예를 즐겨하고 있다. 풍만한 여인의 백옥 같은 둔부 위에 올망졸망 그려진 그림들은 신사임당의 '초충도草蟲圖'와 닮아있는가 하면 때로는 화려한 오월의 어느 장미정원이 펼쳐지기도 한다. 어느새 가지에 꽃이 피고 벌과 나비들이 짝을 지어 날아다닌다. 꼭지에서부터 시작된 포도덩굴도 어깨선에서 무성한 잎을 피운다. 잎과 잎 사이 탐스러운 포도송이들이 주렁주렁 열리면 입안에 싱그러운 침이 고인다. 마

침내 푸른 채색은 여인의 풍부한 둔부를 살짝 가린 채 멈춘
다. 정교하면서도 소박한 박 공예의 묘미다.

박은 공예품으로 이용되기도 하지만 다른 용도로도 그
사용이 다양하다. 샘물을 떠먹는 데는 무엇보다 박이 제격
이었다. 뒤주의 쌀을 퍼낼 때도 요긴하게 사용되었다. 함
받는 날 바가지를 밟아 으깨어 액땜을 하는 풍습도 있었다.
가난했던 흥부에게 큰 선물을 안겨준 것도 박이다. 그러고
보면 박은 사람들에게 행운을 가져다주는 메신저 같은 것
인지 모르겠다. 이렇듯 맛으로는 별 쓸모가 없는 박은 무형
의 용도로서의 가치는 호박보다 기실 더 많다. 쓸모없음의
쓸모 있음이라고나 할까. 무용지용無用之用의 도道를 역설하
는 박이 새삼스레 귀해 보인다.

시골 장터에 옹기종기 모여 앉은 뒤웅박들을 들여다본다.
유년의 아버지가 박 속에 담았던 맨드라미며 봉숭아, 채송
화 꽃씨들의 잘그락거리는 소리가 들리고 머리 위에선 온통
벌, 나비, 풍뎅이, 매미들이 날아올랐다. 담아두었던 꽃씨를
허공에 뿌리면 붓꽃이며 봉숭아, 채송화가 공중의 꽃밭에
다투어 피어난다. 그 속으로 새떼가 푸드덕! 상강霜降의 하늘
위로 날아간다.

* 허난설헌의 그림 '앙간비금도'를 묘사한 것임.

설
정
놀
이

"깨작대지 말고 좀 맛깔나게 먹어 봐." 눈을 부라리며 엉덩이를 냅다 두어 대 때린 뒤 다시 식탁 앞에 앉힌다. 고개를 푹 숙인 채 반응이 없다. 부아가 치밀어 레이저 뿜어내듯 쩌려본다. 여전히 미동이 없다. 이번에는 아예 두 팔을 식탁 위에 올리고 숟가락과 젓가락을 쥐여 주며 엄포를 놓는다. 안 먹으면 던져 버릴 거라고. 먹을 턱이 없다. 곰 인형이니까.

아이들에게 한 숟가락이라도 더 먹이고 싶은 게 부모 마음이다. 자라는 아이들이라 이것저것 밀어 권해보지만, 음식 앞에서 깨작거리는 아이들에 심사가 뒤틀릴 때가 많다. 그러나 밥상 앞에서는 개도 건드리지 않는 게 우리네 밥상머리 예절이 아니던가. 꾹꾹 눌러놓았던 뒤틀린 심사를 아이들이 떠난 식탁 위에서 혼자 푼다. 아이들이 가지고 노는 인형도 등장하고 소중하게 여기는 물건도 등장한다. 그리고 가끔 내가 아는 그녀와 알지 못하는 그도 등장한다.

누가 보면 미쳤다고 할 그 놀이에 재미를 붙인 건 오래전이다. 주변을 채우느라 진작 삼켜야 했던 것, 그래서 체증으로 남아있는 것, 그 체증 속에 들어있는 생명의 불씨를 돌아보는 나만의 은밀한 행위다. 주로 그들이 아끼는 물건이나 누군가를 생각하면 떠오르는 대상이 표적이다. 그것들에게 옷을 입혀보기도, 이래저래 동작도 바꿔보며 잔소리를 한다. 가끔은 쑥스러운 어떤 일의 고백 대상으로 삼기도 한다. 화를 내거나 참았던 모진 소리도 하지만 고맙기도, 미안하기도 한 마음에 안아주며 애정표현도 서슴지 않는다. 그러다 몰입이 지나칠 때는 사물의 속삭임 같은 환청이 들리기도 한다. 그러면 이상하게 그 '설정' 안으로 스며들게 되면서 묘한 감정이 되어 마침내 마음까지 환기가 된다.

그러다 문득 제정신으로 바라본 사물들은 분명했고 세상은 고요했다. 한동안 머릿속을 들끓게 하던 말과 일들이 헛것에 불과했다는 생각에 안도감도 생긴다. 어쩌면 나는 그 사물들에서 침묵을 통해 또렷이 환기되는 내 감정의 형태를 바라보는 건지도 모른다. 다독이는 방법을 얻어내기도 하고 남몰래 저질렀던 어떤 일들과의 쑥스러운 화해도 하는 것을 보면. 그러면 괴롭힘을 당했을 때의 속상함도 사라지고, 괴롭히지 말아야지 하는 착한 마음도 생긴다. 설정놀이의 재미다.

그녀가 미웠다. 모처럼의 들뜬 외출에서 그녀를 만나고 온 날은 공연히 부아가 치밀었다. 그 좋던 밥맛도 사라지고 잠도 설쳤다. 솔직하고 경위涇渭 바른 그녀지만 언제나 자기 삶은 옳고 남의 삶은 그릇된 것으로 매도하고 간섭하려 들었다. 어쩌다 위로받고 싶은 마음에 푸념이라도 늘어놓을라치면 장황한 훈계부터 해댔다. 그때마다 죽마고우의 진심 어린 충고라 여기며 고개나 주억거리다 일어서기 바빴다. 저나, 나나 이 우주에 완벽하지 않은 미물인 것을. 공연히 곪은 상처 위에 소금 한 바가지 끼얹힌 기분이 들어 속이 아렸다.

마침내 그녀와 담판 짓기로 했다. 그녀가 여행에서 사 왔다며 준 고리 달린 작은 인형을 앞에 놓고 눈알을 부라리며 삿대질부터 했다. "너의 삶이 소중하듯 다른 사람의 삶도 소중해. 누가, 누구의 삶을 비방하고 간섭할 권리는 없어." 순간 목구멍에 걸려 있던 이물질이 쑥 빠져나가는 느낌이었다. "다시는 안 만날 거야." 버럭 화를 내며 쌩하니 고개를 돌려 외면한다. 돌연 척추에 힘이 들어간다. 연민과 두려움도 교차한다.

　그러나 한편으론 그녀를 이물감으로만 느끼는 내가 한심한 인간처럼 느껴지기도 한다. 그녀가 못 고치는 습성이라면 내가 인정하고 지내면 될걸. 어쩌면 그녀 또한 나만큼의 묵은 상처를 많이 안고 사는지도. 나 역시 그녀의 설정놀이에 인형이 될 수도 있다는 두려움. 그녀로 향했던 공연한 연민이 부메랑처럼 내게로 향한다. 나 자신이 나로부터 소외되는 기분마저 든다. 스스로와는 무관한 많은 일에 쓸모없이 휘둘리며 사는 것 같아 한심한 생각도 든다. 그리고 다음 순간, 한심하고 불행해 보이던 내가 이상하게 더 사랑하고 싶은 나로 느껴진다. 다시 목젖 아래에서 물큰한 게 올라오더니 뻥 귀가 뚫린다. 마침내 자신의 소리에만 집중하던 귀가 상대의 소리를 향해 열리는 중이었다.

　내어주고 다독이고 한없이 품어야만 하는 대가족의 맏며느리라는 삶. 그 생활에 젖어들수록 상대적으로 마음 또한 공허했다. 그 공허함이 깊어질수록 질서 바깥에서의 자유로운 영혼이고 싶었다. 끝닿는 곳이 어디인지 모르는 막막함을 어루만지며 나만의 다른 시간을 꾸미고도 싶었다. 어느 순간, 세상에 나만 살고 있는 듯한 느낌이 들면서 대상이 없는 사물과 교감을 나누고 있는 나 자신을 발견했다. 황홀하기도 쓸쓸하기도 했다. 그건 또 다른 내 삶의 탈출구였다.

그렇게 시작된 설정놀이는 내 일상의 머뭇거림과 마땅치 않음과 분별하기 힘든 심사가 담겨있다. 말하기 곤란함, 막연한 고마움과 미안함 그리고 간절함의 또 다른 이름의 삶이 되었다. 어쩌면 삶에서 생기는 소소한 것과 크고 중요한 것이 내 뜻대로 안 될 때 생기는 짜증과 화를 풀어내는 탈출구는 아니었을까. 아니면 포화상태가 되기 전, 생긴 화를 잘 내보내야 했던 화풀이의 또 다른 방법이었는지도 모른다.

설정놀이는 또 다른 내 삶의 징후다. 단순한 감정표현의 수단만은 아닌 내 삶의 모두를 여과 없이 받아 준 뒤, 흔들렸던 감정의 찌꺼기를 걸러주는 또 다른 삶의 생성 과정이기도 하다. 그 과정이 있어 낮추고, 내려놓고, 더 많이 지혜로워진 자신을 발견할 수 있다. 그래서 누구에게나 좀 더 편해질 수 있었고, 좀 더 너그러워질 수 있었다. 오늘도 나는 더 막막하고, 더 소외된 내 삶의 결핍이 쓸쓸한 체념으로 퇴락하지 않기 위해 부산히 기운을 내본다. 설정놀이를 하면서.

뻐꾸기 울 때

뻐꾸기가 울고 있다. 봄이 간다고 저리도 서글피 운다. 아카시아 꽃 흐드러진 앞산에서 반나절 울다가, 찔레꽃 만발한 뒷산으로 날아가 또 운다. 꿩 울음에 뒤질세라 목청 높인다. 새순을 촉촉이 적시는 보슬비가 내린 날의 아침에도, 천둥을 동반한 덕성스럽지 못한 봄비가 소리 지르며 내리는 오후에도 한결같다. 푸르디푸른 산기슭으로 뻐어꾹 뻐어꾹 메아리가 되어 처량하게 피멍을 삭인다. 이 봄날 저 뻐꾸기의 울음이 궁금하다.

그해 봄도 놓치고 말았다. 귀한 분이 오셨다고 호들갑 떨 새도 없이 쏜살같이 왔다가 곧 사라져버렸다. 는개가 벚꽃 위에 앉아 속삭이는가 싶더니 이내 땅에 떨어진 꽃잎만 자욱

했다. 잠시 잠깐의 그 찬란함으로 들녘 풀빛은 더욱 짙어졌다. 보리밭 종달새 소리 또랑또랑해졌는데 무슨 말이 필요했겠는가. 그랬다. 오는 봄과 우리의 만남 사이에 말은 필요 없었다. 그저 고요히 눈과 귀로 감각할 뿐이었다. 짧은 봄처럼 아쉬움만 남았던 내 유년의 어떤 사랑처럼.

봉구네 아래채에 젊은 남녀가 세를 들었다. 가을걷이를 막 끝낸 들녘에 하얗게 첫서리가 내리던 날이었다. 고방으로 쓰던 빈방에 달랑 가방 하나씩 들고 와 소꿉장난 같은 풋 살림을 차렸다. 그런 그들을 위해 봉구 엄마는 살뜰하고 느꺼운 배려로 예쁜 벽지를 바르고 세간살이를 보탰다. 앳되 보이는 남녀는 서울 명문가 집안의 자녀들이라고 했다. 금지된 사랑을 반대하는 가족들을 피해 이곳까지 숨어든 대학생이라고 했다. 우리는 자그마한 키에 손이 작고 예쁜 여학생을 갑순이 언니라 부르고, 덥수룩한 머리에 쌍꺼풀진 커다란 눈의 남학생을 갑돌이 오빠라 불렀다.

미술학도인 갑순이 언니와 법학도인 갑돌이 오빠는 책을 읽거나 그림을 그리면서 지냈다. 갑순이 언니는 주로 홍두깨로 손국수를 미는 봉구 어머니를 돕거나 아이들의 그림공부를 도와주었다. 갑돌이 오빠도 텃밭의 배추를 뽑아 나르거나 새끼 꼬는 봉구 아버지를 거들기도 했지만 무척 어설펐다. 해 질 녘이면 다정히 손을 잡고 들길을 걷거나, 봉구 아버지의 낡은 자전거에 앉아 강변을 달렸다. 그 모습은 한 폭의 그림처럼 풋풋했다. 꽃보다 향기 짙은 청춘들의 시리도록 아름다운 날들이었다.

우리는 그런 그들이 무턱대고 좋았다. 덩달아 빠르게 가까워졌다. 학교가 파하기 무섭게 눈치 없이 종이 한 장씩을 들고 그들의 방문 앞을 서성거렸다. 갑순이 언니와 그림을 그리고 싶다는 핑계였지만 실상은 까실하게 튼 볼에 발라주는 화장품 때문이었다.

마늘밭에 하얗게 눈이 쌓이면 갑돌이 오빠를 선두로 빙어낚시를 갔다. 갈대밭 철새들의 날갯짓 소리만 들리는 겨울 강 속엔 물만 먹고 자란 빙어들이 지천이었다. 막대 낚싯대를 내리면 줄줄이 올라오는 빙어를 우리들은 시린 손을 불어가며 받았다. 어느새 그득해진 양동이를 들고 돌아오면 봉구네 부엌에서 갑순이 언니가 기다리고 있었다. 참 좋은 날들이었다.

추녀 밑 시린 달빛만 쌓이던 긴 겨울도 지나고 버들강아지가 새 움을 틔웠다. 보릿고개를 넘느라 코흘리개들의 얼굴에 허옇게 마른버짐이 피었다. 그러나 토닥토닥 화장품을 발라주던 갑순이 언니의 얼굴빛은 날로 어두워져 갔다. 애써 누군가를 위해 노력하는 데 한계를 느낀 듯 보였다. 사랑의 시작과 끝이 또 다른 아픔이 되어, 사랑하는 이의 가슴을 할퀴지 않을까 걱정하는 듯도 했다. 그 사랑이 가장 설레고 아름다울 때, 아픈 기억을 남기지 않은 채 떠날 수 있는지 고민하는 얼굴같기도 했다.

어느 날 등교하는 내게 갑순이 언니가 편지 한 통을 건넸다. 학교 앞 우체통에 넣어달라고 했다. 편지를 받아드는 순간 알 수 없는 슬픔이 전해져 왔다. 왠지 사랑을 간직한 채 떠날 수 있게 해준 당신께 고맙다는 말이 담겨있을 것만 같았다. 그랬다. 그렇게 갑순이 언니는 조용히 떠날 준비를 하고 있었다. 그날 저녁, 어스름한 마을 어귀에 검은 세단 하나가 미끄러질 듯 도착했다. 지난 몇 달의 시간을 과거의 추억으로 남기지 않고, 생생한 현재의 사랑으로 기억하고픈 갑순이 언니는 그렇게 떠나고 말았다. 꽃과 같은 삶을 원했지만, 꽃일 수 없는 삶과의 갈등 사잇길에서의 선택이었는지도 모른다. 그해 봄, 뻐꾸기 울음소리는 유난히 처량했다. 마치 짝을 잃고 방황하는 갑돌이 오빠의 마음을 대변이라도 하듯.

오늘도 목쉰 뻐꾸기가 울고 있다. 봄이 간다고, 갑순이가 떠났다고. 마음을 말해주지 않고 떠난 갑순이 때문에 우는 갑돌이의 절절한 통곡 같다. 행여 갑순이가 들을세라 자신을 다독이고 쓰다듬으며 '지나간 것은 다 아름다웠노라' 외치는 저 뻐꾸기 소리에 속절없이 봄날이 간다.

제
3
의

공
간

　봄볕 때문이었다. 어지러운 내면을 붙잡고 고민하는 대신 밖을 택해 걷기로 했다. 시선이 닿는 곳마다 꽃이다. 어디에 눈길을 주어도 눈 맛이 시원하다. 맵찬 바람 속에 웅크려 있다가 심호흡하며 기지개 켜는 여린 생명들의 꿈틀거림으로 술렁인다. 바람은 초록을 전하고 흙 내음 풀 향기가 겨우내 외틀어진 내 안부를 묻는다. 천지간에 펼쳐지는 연두의 행렬이 경이롭다. 미세먼지가 걷히고 꽃 진자리에 푸름의 청빛이 맑다.

　외로운 은둔자보다 고독한 산책자를 택해 나온 걸음이 가볍다. 가랑비가 내린 뒤의 연노랑 봄볕에, 영혼마저 물들어 사색에 잠긴다. 방문과 창문이 열리고, 대문마저 열어 한껏

봄볕을 받아들이는 동네 풍경에 마음의 독성이 중화된다.

지붕 낮은 주택들이 모여 있는 골목 미니슈퍼 앞. 못 보던 노란 평상 하나가 해바라기 중이다. 지난달 하얀 목련꽃이 떨어져 답쌓이던 자리다. 가만히 보니 덮어씌웠던 비닐을 벗겨내고 페인트로 새로 단장한 작년의 그 평상이다. 한층 업그레이드된 모습에 몰라볼 뻔했다. 부실해 보이던 다리는 굵은 나무 받침대로 괴고, 떨어져 너덜거리던 모서리의 아찔한 조각들도 이어내 튼실하게 붙여 놨다. 장정 몇 사람만 앉아도 돌아앉기조차 힘들었던 평상이었다. 마치 겨울잠 한번 진하게 자고 일어나 놀랍게 변신한 모습이다.

봄볕에 나른한 전신을 드러내놓고 조는 듯한 평상에 자꾸 눈길이 간다. 겨우내 자란 털갈이하고 마실 나온 이웃집 강아지 만난 듯 반갑다. 밝고 산뜻한 노랑에 이끌려 냉큼 걸터앉는다. 남아있는 페인트 냄새가 반긴다. 때마침 평상을 살피러 나온 슈퍼집 아저씨는 족히 일곱, 여덟까지 앉을 수 있다며 봄볕 같은 미소다. 이제 곧 겨우내 부실해진 다리에 힘 올리려 동네 어르신들이 앞다투어 나올 것이다. 텃밭의 풋것들이 우-우 돋아나면 군둥내에 절은 이들이 저 평상에서 삼겹살에 막걸리로 봄을 자축하리라.

요양원에서 한겨울을 지낸 영천댁도 돌아왔다. 지팡이 소리 경쾌하게 한층 더 건강해진 모습이다. 한여름과 겨울에는 시설 좋은 요양원에서 지내다 돌아오기를 반복하고 있다. 냉난방이 부실한 낡은 집에서 힘들게 지내는 부모님을 위해 자식들이 궁여지책 고안해 낸 그 대안이 요즘 인기다.

그러나 그때마다 구순을 바라보는 영천댁이 굳이 다시 돌아오는 것은 사람들 때문이다. 오랜 이웃들의 그 깊은 편안함을 공유하고 싶어서일 것이다. 깊음은 물이나 산 같은 데만 있는 건 아니다. 오래 마음 나누고 함께 걸어가는 이들에게도 있다. 그들은 눈에 보이는 것만 보지 않는다. 당장 이익이 되는 것만 생각지 않는다. 편해 보인다고 그 길만을 걷지도 않는다. 시간과 노력이 제법 든 깊음으로 각자의 마음을 보듬고 감정 에너지도 교환한다. 그곳이 바로 저 작은 평상 같은 제3의 공간이다. 아는 사람들끼리 모여 친목을 다지는 사회적 공간을 넘어 사람들을 느슨하게 연결시켜주는 곳이기에 정감은 두 배다. 그들이 공유하는 이런 공간은 억지로 대화를 붙이거나 참견하지 않는다. 사생활을 내세워 칸막이를 하는 공간과는 다르다. 그저 누구라도 마음 열고 손을 내밀면 잡아주고 위로하며 나눌 뿐이다.

거동이 불편해 경로당까지 왕림하기 힘든 영천댁이나, 팔순에 까막눈을 벗어나 시도 쓰며 손녀를 돌보는 은아 할머니나, 오랜 시간 영감님의 간병인이 되어 종일 동동거리는 성주댁 같은 이들이 잠깐씩 궁둥이 붙이는 곳이다. 막걸리 한 사발 훌쩍 마시고 시름 나누는 곳이다. 고정 멤버는 없다. 그저 오고 가다 걸터앉아 이야기라도 나누면 모두 그날의 멤버다. 어디 그뿐인가. 자투리 빈터에서 따온 풋고추에 소주 한 병 사면 특별 멤버다.

이곳은 주로 제 발로 멀리 갈 수 없거나 시간에 매인 이들이 짬짬이 서로 공간을 공유하며 머무르는 곳이다. 그리고 무언의 약속이라도 하듯, 그들은 서로 그들이 살아온 다름을 인정하고 존중하며 마음을 돌볼 수 있다고 믿는 곳이다. 그들에겐 그들만이 감내한 세월의 힘이란 것이 있고, 마음에서 걸러낸 그들만의 안목이 있다. 타인의 슬픔이나 기쁨을 보는 남다른 눈도 있다. 때로는 세월이 품은 그들의 그런 것들이 다른 이들의 삶에 이정표가 되기도 감동을 주기도 한다. 오가는 이들이 그들의 장기판을 기웃거리거나 막걸리 자리에 동석했다가 작은 일상의 가르침이나 깨우침을 받아 가는 곳도 이런 곳이다.

부러지고 상처 난 고구마와 찬밥 덩이가 엿기름에 섞여, 제 성질을 내려놓고 함께 삭혀짐으로써 엿물이 되듯. 사람 역시 제 성질 고집하지 않고 다 받아들인 뒤 아우른다. 그러다 조금은 비워두는 너그러움까지 생겨나는 것은 세월이 사람에게 주는 값진 의미다. 그래서 소중한 사람들과 함께 살아갈 수 있다면 늙는 것이 두렵지 않다는 것을 아는 이들의 공간이다. 세상 사는 게 갈수록 힘들다 보니 현실을 외면하고 눈을 감고 싶을 때 특별할 것도 없는 이곳이 그들로부터 사랑받는 이유다.

자유로운 영혼의 추억 여행

전정구 | 전북대 명예교수·문학평론가

1.

인간은 운명처럼 부여된 생의 굴레를 벗어나 자유로운 영혼으로 자기만의 삶을 펼쳐보기를 원한다. 그러나 그것을 행동으로 옮겨 실천하기 위해서는 많은 용기와 결단이 필요하다. 대부분의 사람들이 영혼의 자유를 누려보려는 꿈을 포기하는 이유가 여기에 있다. 지난至難한 그 일을 윤혜주는 '신중년의 나이'에 당당하게 실현하고 있다.

대가족의 맏며느리라는 말로 표현하기 어려운 생의 곡절曲折과 간난艱難을 겪으며 그것들을 극복할 수 있는 지혜와 힘이 글쓰기에 있다는 것을 그는 늦은 나이에 깨달았다. 글감을 찾아 그것을 언어예술로 완성하는 과정에서 그는 분노와 좌절, 허무와 고독을 치유하는 희열을 경험했다. 글쓰기는 자기성찰의 과정이며 그것이 삶의 동반자가 되어 많은 고통과 기쁨을 함께하며 그의 인생을 긍정적인 방향으로 이끌었다.

"슬픔과 기쁨이 섞여 피어오르는"(노천명, 「남사당」) 인생 길에서 혼란스러운 감정을 조화롭게 만드는 힐링이 일어났음을 작가는, 첫 작품집 『못갖춘마디』(북랜드, 2020)에서 암묵적으로 증언하고 있다. 봄날이 무르익어가는 '사월의 만개한 꽃'을 보며 그는 '생의 경이와 삶의 존엄'을 숙고한다. 그러면서 "내가 먼저 꽃 피워 보는 것은 어떨까"(「사월의 꽃」) 자신을 되돌아본다.

2.

'내가 먼저 꽃 피워 보려는' 그 마음가짐으로 작가는 미래의 희망을 "상상하며 한 발씩 전진"(「먼 곳」)하는 삶을 추구해 왔다. 우리는 이러한 대목에서 두렵고 불안하고 무서운 마음을 다독이며 안식과 위로를 얻는 윤혜주 스타일의 '긍정의 힘'을 확인할 수 있다.

> 사람들이 걱정하고 불안해하는 일 가운데 4퍼센트만이 우리가 바꿀 수 있는 걱정이라고 한다. 어떤 두려움 앞에서도 포기하지 않고 안식과 위로를 얻을 수 있는 평온함의 근원이 긍정의 힘이다.(「먼 곳」)

긍정의 힘이 평온함의 근원이다. 그것은 미래의 희망을 생각하며 어떤 두려움 앞에서도 생을 포기하지 않는 적극적인 마음가짐이다. 첫 창작집의 여러 곳에 「먼 곳」과 유사한 대목이 발견된다. 아름다운 삶의 이면에는 고통이 따른다는 것을 이야기한 「가을, 자드락길에서」가 그러한 예이다. 음陰과 양陽, 환歡과 비悲가 교차하고 고苦가 있은 후에 감甘이 오는 것이 인생이다. 아름답고 맑은 삶을 살아가는 지혜, 즉 삶의 고통이 내 존재를 맑게 한다는 깊은 통찰이 이 작품에 나타나 있다.

> 고통의 종소리가 울려 퍼져야 산사가 아름답듯, 내 인생길에 울렸을 수많은 종소리는 무엇을 위해 울렸을까. 내 삶에 고통이 존재하는 것은 내 존재의 맑은 종소리를 위함이 아니었을까. 타종의 고통을 두려워하지 말고 기뻐해야 할 일이다. 오늘도 누군가 종 메로 강하고 거칠게 친다 해도 머리 숙여 감사할 일이다. 저 종소리처럼 맑고 아름다운 소리를 위해. 그리고 이 가을 자드락길에서 만난 모든 것을 위해서 나는 달린다. (「가을, 자드락길에서」)

고통의 소리가 울려 퍼지기 때문에 깊은 산속의 절이 아름다운 것이다. 누군가 나를 때린다 해도 머리 숙여 감사해야 할 까닭이 여기에 있다. 그리고 그것이 산사의 맑고 아름다운 종소리처럼 내 인생을 아름답고 맑게 가꿀 수 있는 비결이다. 고마운 마음으로 시련을 받아들이면서 자드락길에서 조우遭遇한 모든 것들을 위해서 '내가 달려야 하는' 이유도 이러한 점과 무관하지 않다.

희망의 끈을 놓지 않고 최악의 상황에서도 긍정의 힘으로 그 상황을 바람직한 미래로 전환하려는 의지가 작가의 인생관을 낙관적인 방향으로 이끈다. 그러한 인생관을 형성해준 것이 글쓰기였다. 그것은 일상에서 짓눌린 마음을 다독이고 달래주는 위안慰安의 양식이었고, 무료한 듯 허무한 듯 덧없이 흘러가는 일상의 삶에 의미를 부여하는 활력소였다.

> 보따리를 푼다. 오방색 저고리에 물빛 고운 본견치마 한 벌, 그리고 복숭앗빛 명주두루마기 수의가 누런 담뱃잎에 싸여 있다. 행여 좀이 슬세라 세심하게 갈무리한 덕분일까. 견의 색과 광택도 그대로 살아있다. 마지막 가는 길 마음껏 호사를 누려보고 싶었던 어머니가 이승에서 손수 준비한 갈음옷이 화려하다./ …… /시집와서 쌀 서 말을 먹지 못하고 죽었다는 깡촌이었다. 그곳에서 어머니는 낡은 손재봉틀 하나를 보물처럼 끼고 살았다. 어머니의 먼 친척이 이사 가면서 물려준 귀한 재봉틀이었다./ …… /재봉틀 앞에 앉은 어머니에겐 어떤 경건함이 뿜어내는 여인의 향기마저 났다./ …… /어머니의 손끝을 거치고 간 옷은 이승의 옷보다 저승의 옷이 더 많았다. 근동의 많은 사람들이 어머니가 만든 이승에서의 마지막 갈음옷을 입고 갔다. 벼를 벤 들판도 휴식에 들어간 시간. 어머니는 건조한 시간을 뭉개려 부탁받은 수의를 만들었다. 희미한 호롱불 밑에서 그림자 길게 문풍지에 일렁이며 한 땀 한 땀 내세에서의 평안을 기원하며 밤새워 만들었다. 맑고 경건했던 그 모습이 선명하게 남아 어머니의 이타적인 모습을 엿보기도 했다. (「갈음옷」)

아쉽고 아련한 그리움으로 자리 잡고 있는 어머니에 관한 기억을 풀어내면서 작가는 인생의 의미를 되새겨본다. 전통 사회의 어머니상으로 각인된 모친은 재봉틀 하나로 집안 경제를 떠받쳤다. 그녀는 '어떤 경건함이 뿜어내는 향기'를 풍기는 여성으로 쉽게 다가서기 어려운 경외(敬畏)의 대상이기도 했다. 어머니를 회상하는 대목이 성격이나 모습이 아니라 '향기-후각적 이미지'로 변용시킨 참신함이 돋보인다. 그의 문장이 지닌 미덕은 참신한 표현과 역동적인 이미지의 활용이다.

이맘때면 유년의 내 고향 들녘은 파랗게 뿌리 내린 벼의 물결로 출렁거렸다. 시원한 바람은 가을 향해 솟아오르는 벼의 머리채를 잡고 희롱하듯 흔들어댔다. '일렁일렁' 파란 바람꽃을 피우며 어깨를 들썩였다. '쏴아 쏴아' 소나기가 한차례 분탕질하고 간 풀숲은 숨어든 곤충들의 가쁜 숨소리만 들리고 들녘은 숨 고르기에 든다. '찰랑찰랑' 수문水門이 열린 도랑에 물이 가득하면 아버지는 논에 물꼬를 트기 위해 이른 아침 들녘으로 나갔다./ …… /여름 강은 아이들의 재잘거림으로 조금 더 깊어졌는지도 모른다. 그 잔물결의 간지러운 스침과 강변의 갈대 몸 비비는 소리는 달콤 싹싹했다.(「여름 소리」)

'촉각-간지러운 스침, 청각-몸 비비는 소리, 미각-달콤 싹싹'으로 표현한 여름 강에 대한 묘사 장면은 다섯 가지 감각으로 경험했던 유년의 그 시절로 우리를 안내하는 기능을 수행한다. 희롱하듯 벼의 머리채를 잡고 흔들어대며, 일렁일렁 파란 꽃을 피우는 바람 또한 그때의 감정을 되살려내는 데 부족함이 없다.

한차례 분탕질하는 소나기와 숨 고르기에 든 들녘은 살아 움직이는 생명체로서 스스로의 존재를 생생하게 현현顯現한다. 사물에 운동의 기능을 부여하여 그 사물을 살아 숨 쉬는 움직임-행위로 그림 그린 듯 명료하게 제시한다. 실제 상황처럼 사물들 하나하나의 동작으로 여름을 실감나게 총체적으로 묘사하면서, 알기 쉬운 비유어를 동원하여 작가는 유년의 체험을 구체적으로 표현하고 있다.

> 뒤 숲 대나무가 바람에 흔들리며 쌀 씻는 소리를 낸다. 문을 여니 먼 산봉우리 위로 달이 떠 있다. 고무신 코 같은 그믐달이 구름을 비켜 가고 솔잎의 향이 코끝을 스친다. (「하현」)

코끝을 스치는 솔잎 향과 고무신 코 같은 그믐달과 쌀 씻는 소리 등의 비유어들이 표현력을 풍부하게 하는 요인이며 글의 내용에 활기를 부여한다. "스피커 음악소리는 어르신들의 웃음소리에 밀려 바닥으로 털썩 떨어져 흩어진다."(「낮은 시선」), "물큰하고 알싸한 것들이 가슴에 밀려왔다 밀려갔다."(「하현」), "풀벌레 소리 자욱한"(「무인 찻집 손님」)과

"귀때기 새파래진 찬바람"과 "부지깽이도 바빠진다는 모내기 때"(「거기, 섬안이 있었네」), 그리고 "봄볕에 나른한 전신을 드러내놓고 조는 듯한 평상"(「제3의 공간」) 등이 그러한 사례들이다. 작가는 무엇을 의도했는가를 알 수 있도록 적절한 단어들을 선별하여 이해하기 쉬운 비유로 문장을 구성해 낸다.

윤혜주는 표현대상의 본질을 단숨에 전달하는 수사 기법의 중요성을 인식한 작가이다. 「사월의 꽃」에서 이팝나무의 하얀 꽃은 '우우우 합창'하듯 돋아난다. 봄빛은 '천지 사방에 넘실'거리고, 철쭉과 산동백은 '폭죽처럼' 터져 오른다. 다양한 이미지와 여러 사물들의 활기찬 움직임이 '화창한 어느 봄날의 모습'을 생동감 있게 표현하는 이미지들이다. 그것들이 표현내용을 직접적으로 전달하는 효과를 발휘하면서 현장에서 느끼는 사실적 감정보다 더 핍진한 느낌을 우리에게 선사한다.

> 가을은 마당을 가로질러 부엌 깊숙이 들어왔다. 어머니는 밥솥 뚜껑을 열고 잘 여문 강낭콩 한 주먹 휘익 던져 올린 뒤 풀무를 돌렸다. 돌확에 으깬 들깨와 시래기를 품은 무쇠 솥뚜껑이 들썩거릴 때마다 구수한 냄새가 진동했다. (「그 강이 깊어질 때」)

표현대상의 동작성을 강화하여 그것을 인간화하는 기법

에 힘입어 가을은 어머니와 대등한 인물로 부각되면서 스스로 액션을 취한다. 마당을 가로질러 부엌으로 깊숙이 들어온 가을의 역동적인 행동은 계절이 깊어졌다는 의미 내용을 함의含意한다.

3.

무엇을 기술했느냐가 문제가 아니라 어떻게 그것을 표현했느냐가 예술적인 글과 일상 담화를 구분하는 분기점이다. 정보전달을 목적으로 하는 일상어와 아름다움을 지향하는 언어의 구분이 여기서 갈린다. 표현력과 그것을 받쳐주는 문장의 힘이 작가의 역량을 결정한다. '서걱대던 댓잎'과 '시린 달빛'으로 시작되는 「못갖춘마디」의 문장과 표현이 서사 구성에서 차지하는 효과도 눈여겨볼 대목이다.

> 그분이 오셨다. 섣달 열여드레 시린 달빛 받으며 오신 모양이다. 서걱대던 댓잎도 잠든 시각. 제주가 위패에 지방을 봉하자 써늘한 기운 하나가 제사상 앞에 와 앉는다. 촛불은 병풍에 두 남자의 실루엣을 그리며 천장을 향해 솟는다. 허리가 꾸부정한 제주가 한 순배 술을 올리고 용서라는 절을 하자, 고개 숙이고 있던 그의 아들은 신뢰라는 절을 한다. 망자의 아들과 그 아들의 업둥이가 지내는 내 아버지의 제삿날이다./ ⋯⋯ /마지막에야 완성되는 삶이 있다. 그 무엇에 대해 절실한 결핍을 느끼면서 느리게 성숙했던 내 큰오빠가 그랬다. 똑똑하고 건강했던 형제들 속에서도 버틸 수 있

었던 것은 아버지의 힘이었다. 즉흥적으로 벌하고 화를 내는 게 아니라 실수도 게으름마저도 껴안고 용서하며 기다려주었던 아버지. 헌신과 인내로 뭇갖춘마디의 빈틈을 아우르고 포용력을 보여줌으로써 사랑과 구원이라는 완성된 연주를 이끌어냈다. (「뭇갖춘마디」)

큰오빠의 부족한 빈틈을 채워줬던 부친의 사랑과 인내를 이야기한 이 작품은 우리에게 부정父情의 진면목을 다시 생각하게 만든다. 뭇갖춘마디로 시작된 삶을 완성된 연주로 이끌어낸 아버지의 자식에 대한 헌신이 그렇다. 기억의 저편으로 사라진 앞 세대의 삶의 역사를 되살려낸 「뭇갖춘마디」도 수작에 속하지만, 첫 작품집의 압권壓卷은 배고파서 서러웠던 보릿고개를 잠시 잊게 해주던 여름밤의 식사 장면을 다룬 「여름 소리」이다.

'치익치익' 뽀얀 연기가 오르는 집마다 무쇠솥에 구수한 햇보리 밥 익는 냄새가 진동했다. 모깃불 자욱한 마당 평상에 온 가족이 둘러앉으면 언제 왔는지 샐쭉하게 눈을 뜬 서쪽 하늘의 개밥바라기도 합석했다. '탱글탱글' 이빨 사이로 숨어 다니는 차진 햇보리 밥 알갱이를 찾아 씹는 맛은 꿀맛이었다. 드문드문 씹히는 풋완두콩의 풋풋한 단맛도 일품이었다. 텃밭의 푸성귀란 푸성귀는 죄다 밥상 위에 올랐다. 찐 호박잎에 보리밥 한 숟갈, 물큰한 강된장 퍼 올려 만든 커다란 밥보자기 한입 밀어 넣으면 세상 부러울 것이 없었다. 이집 저집 쓱쓱 뚝배기에 된장 보리밥 비비는 소리도 담을

넘어 다녔다. 된장에 푹 찍어 사정없이 베어 물던 풋고추는 맛보다
아삭거리는 소리가 더 좋았다. 배고파서 서러웠던 보릿고개를 잠
시 잊게 해주던 여름의 소리였다.(「여름 소리」)

신속함과 편리함만을 추구함으로써 우리는 소중한 많은
것들을 상실해 왔다. 사정없이 베어 물던 풋고추 아삭거리
는 소리, 쓱쓱 뚝배기에 된장 보리밥 비비는 소리, 물큰한 강
된장 퍼 올려 한입 밀어 넣으면 세상 부러울 것 없었던 한없
이 행복했던 그런 경험들. 풋풋한 단맛도 일품이었고, 탱글
탱글 이빨 사이로 숨어 다니는 차진 햇보리 밥 알갱이 씹는
맛도 유별났다.

무쇠 솥에 구수한 햇보리 밥 익는 냄새 등 취각과 미각과
청각과 시각과 촉각으로 느꼈던 전통적인 생활 감각을 우리
는 잃어가고 있다. 오감五感으로 받아들였던 그 경험을 작가
는 스케치하듯이 단숨에 감각적인 언어로 펼쳐낸다. 기억의
문을 열고 거기에 저장된 정겨운 모습을 작가는 언어의 영상
映像으로 보여준다. 유년의 아름다웠던 여름밤을 예술-수필
로 소유하려는 작가의 노력-욕망에 힘입어 우리 또한 예술
적 언어로 그것을 즐길 수 있는 기회를 부여받게 되었다.

소리와 의미의 관계가 필연적인 의태어와 의성어를 문장
의 사이사이에 교묘하게 배치하여 미세한 의미의 파장까지

포착한 「여름 소리」는 음성상징어 활용의 모범에 속한다. 특히 의태어에 비해 소리와 의미의 관계가 보다 직접적인 의성어의 전경화도 눈여겨볼 대목이다.

기본 의미 외에 문맥에 따라 달라지는 단어의 음조와 감정과 색조까지 고려한 언어 뉘앙스가 풍기는 다층적인 의미의 합주合奏가 일품이다. 빌딩과 아파트라는 인공의 숲에서 안락함을 찾는 동안 현대인들은 전통적인 생활감정은 물론이고 자연과 교감하는 능력마저 잃어버렸다. 소중했던 그것들을 윤혜주는 그의 작품에서 재현하고 있다. 다른 작가들-수필가들이 가지지 못한 특유의 개성이 이러한 점에서 빛난다.

> 방짜유기 박물관에서 만난 징 앞에서 혼을 빼앗겨 버렸다. 입이 벌어지기도 전, 소리에 먼저 놀란 귀가 화들짝 열린다. 밤 지샌 담금질과 천 번의 두드림으로 만들어진 소리여서일까. 한 마리 맹수의 포효 같다. 자연을 닮은 가장 은은하고 포용력 있는 소리를 낸다는 징. 때론 비를 몰고 와 뿌리기도, 천둥을 내려치기도 해 바람에 비유되기도 하는 그 소리를 온몸으로 들었다. 마치 그날 밤의 징소리처럼. (「징소리」)

기억 속의 그 징소리와 관련된 서사는 현재-과거-현재의 흐름을 보여준다. 본동本洞 사람들과 그곳에 유입된 타지인他地人 사이의 반목과 갈등이 극적으로 마무리된 해피엔딩의

드라마가 그것이다. 두 집단의 기氣 싸움으로 인해 파국으로 치닫던 그 순간 강둑이 터지면서 위기를 알리는 징소리가 울려 퍼진다. 혼을 빼앗겨 가며 온몸으로 들었던 유기 박물관의 징소리는, 작가의 어린 시절 기억 속에 자리 잡았던 고향 사람들의 잊힌 역사를 복원하는 계기를 마련해 준다.

'징소리'를 매개로 하여 윤혜주는 타지인과 본동 주민 간의 갈등과 화해의 장면을 생생하고 선명하게 재현해 놓았다. 그는 인간들 사이에서 발생하는 사건을 짧고도 강렬하게 구성하는 능력이 뛰어나다. 「그 강이 깊어질 때」는 물론이고 눈꽃 덮인 겨울 여행 첫날 누군가의 제안으로 카지노에 들렀던 그때 우연히 마주친 한 남자에게 빌려준 핸드폰에 얽힌 사건을 다룬 「그때 그 사람」이 그러한 예이다.

> 카지노 앞마당에 눈이 내리고 있었다. 하얀 눈이 욕망처럼 일렁이는 불빛에 황금빛으로 물들고 있었다. 초저녁의 카지노는 잃어버린 이들의 서성거림과 부푼 욕망의 보따리를 안고 입장하는 이들의 열기로 눅진했다. 때마침 대관령을 넘어온 칼바람이 외치듯 윙윙거렸다. "인생 백구과극白駒過隙이라." 이 밤 황금의 기회를 잡으라는 듯. (「그때 그 사람」)

욕망처럼 일렁이는 불빛과 하얀 눈, 황금의 기회를 잡으려는 열기 등으로 카지노의 앞마당을 묘사한 문장의 행간에 한

탕주의의 유혹에 물든 인간들의 탐욕을 지시하는 의미들이 함축되어 있다. '우연히 마주친 한 남자'에 관한 이야기가 그렇다. '핏기 없는 옆모습'의 그 남자와 한두 번의 마주침을 단속적斷續的인 점선點線처럼 연결한 서사는 나와 다른 인간에 대한 탐구 비슷한 것이다. 하나의 삽화에 불과하지만, 소설과 다른 「그때 그 사람」의 서사의 재미가 이러한 점에 있지 않을까 생각된다. 그는 이처럼 소설의 본격 서사와 다른 잔잔한 흥미를 불러일으키는 작품에서 빛을 발하는데, 「그 골목의 현악 4중주」도 좋은 예이다.

> 태백관의 주인이자 주방장인 양씨와 일심동체가 되어 움직이는 동갑내기 아내 윤씨. 그녀의 도마질 소리는 오랜 연륜이 묻어있는 바이올린의 고음대다. 손님을 맞이하고 주문을 받아 주방과 홀을 바쁘게 오가는 오씨. 그의 톤은 높지도 낮지도 않은 비올라의 중음이고, 오토바이로 배달을 오가는 장씨의 활기차고 싱싱한 소리는 깊이 있는 첼로의 저음이다. 그들은 모두가 역할을 동등하게 분담해서 제 소리를 낸다. 처음부터 빠른 선율로 다잡아 이끌기도, 가쁜 숨을 내뱉고 잠시 숨 고르기도 하는 태백관의 하루. 이들의 4중주가 만들어내는 리듬과 선율, 화음이 완전한 화성과 음색의 하모니를 이루면 그날 태백관의 영업은 성공이다. (「그 골목의 현악 4중주」)

현악 4중주가 하모니를 이루는 곳은 대로변이 아니라 생의 뒤안길을 전전하는 사람들이 체온을 나누는 골목이다.

새벽의 정적을 깨고 태백관에서 현악 4중주가 연주되면 그 늘진 골목에 생기가 돌았다. 삼십여 년을 이 골목에 살면서 작가가 이곳을 거쳐 간 사람들의 생활상을 반영한 것 중 하나가 「그 골목의 현악 4중주」이다. 현악기로 이루어진 실내악과 일터의 생활 리듬이 앙상블을 이루는 이중주二重奏로 태백관의 하루를 엮어낸 점이 이색적이면서도 절묘하다.

종업원인 장 씨와 오 씨, 주인 부부인 윤 씨와 양 씨의 고단한 생활 리듬을 예술적 음악으로 승화시켜 서술한 이 글에서 우리는 많은 것을 시사 받을 수 있다. 현실의 고단함을 예술의 기쁨으로 대치시킨 「그 골목의 현악 4중주」는 우리 스스로 어떤 삶이 바람직한가를 곰곰이 반성하는 계기를 마련해 준다.

무료급식소에 '야채 박스를 내려주는 복자씨'(「낮은 시선」), 일거리를 얻지 못한 인부를 데리고 나가 '하루 임금의 절반을 나눠주는 황씨'(「그들만의 새벽」) 등 그의 작품에는 받는 삶보다는 베푸는 삶을 실천하는 다수의 인물이 등장한다. 그들은 어떻게 사는 삶이 행복과 보람을 주는가에 대한 작가적 관심을 반영한 것이다. 남 보기에 초라한 인생이지만 내 이웃의 그늘진 삶을 껴안고 가는 황 씨와 복자 씨 그리고 태백관의 인물들이야말로 우리 사회의 건강성을 담보하는 인간상이다. 작가는 그러한 사람들을 내세워서 자신의 인생관을 펼쳐냈다.

다양한 이미지를 활용하면서 적재적소에 단어를 배치하는 문장력을 보여준 작품집에서 작가는 감각기관에 호소하는 묘사로 우리에게 융숭한 재미를 제공한다. 특히 자연과의 교감과 향토적인 정서를 배경으로 본원적 고향을 추구한 「못갖춘마디」는 사실감이 두드러지는 서사가 돋보인다. 그것을 바탕으로 다양한 인간군상의 삶을 엮어나가는 문체의 매력 또한 글 읽는 맛을 배가한다.

작가 윤혜주는 형산강이 있어 아름다웠던 포항의 섬안, 그곳을 지키면서 고향 사람들의 잊힌 역사를 예술적 언어로 복원해 냈다. 구체적이고 생생한 묘사력과 여러 분야를 넘나드는 호기심, 그리고 신변잡기식의 좁은 시야에 갇히지 않았던 그 점이 우리로 하여금 인생에 대한 사고(思考)의 지평을 넓혀 준다.

4.

자신을 다독이는 방법을 터득한 후 작가는 '괴롭고 쓰라린 마음이 스스로 사라지는 현상을 경험'(「설정놀이」)하게 된다. 상처 입은 마음이 치유되는 놀라운 효과를 글로 풀어내면서 그것들을 모아 『못갖춘마디』로 묶어냈다. 첫 작품집에

수록된 작품들은 '자유로운 영혼'이 예술적 언어로 풀어낸 추억의 보고서이자 품 안을 떠난 자식들의 빈 곳을 채워준 정신적 동반자였다.

'어떻게 받아들일까'(「책머리에」) 작가는 초조해할지도 모른다. 그러나 '토지문학제 평사리 문학대상'과 '포항소재문학상 최우수상'과 《전북일보》 신춘문예' 등 수필작가로서의 역량을 그는 충분히 검증받았다. 긴 시간 산고産苦의 통증을 견디면서 오랜 진통 끝에 탄생시킨 첫 작품집은 그의 우려와 달리 문학성이 풍부하다.

오래 사는 것 자체가 축복인 시대는 지났다. '연장된 노년의 삶을 어떻게 보내야 하는가' 하는 문제는 신중년 세대의 화두로 부각되었다. 나이가 들면 어린 시절 지나쳤던 것들이 '마음 깊은 곳을 적셔준다.' 윤혜주 작가는 유년幼年의 고향과 그 시절의 추억이라는 글감의 보물창고를 지니고 있다. 글쓰기의 꿈을 펼쳐나가야 하는 자유로운 그의 영혼이 희망으로 가득 찬 이유가 여기에 있다. 독자의 심금을 울리는 좋은 글을 기대하며 건필을 빈다.